Dargaud stellt vor:

DER ROTE KORSAR

Der Teufel der Karibik

Text von Jean-Michel Charlier
Zeichnung von Victor Hubinon

Carlsen Verlag

Victor Hubinon wurde 1924 geboren und zeichnete nach Absolvierung eines Studiums der Schönen Künste in Lüttich 1946 seinen ersten Comic für Spirou: L'Agonie du Bismark. 1947 entstand die Serie Buck Danny. Bei den ersten der insgesamt 40 Alben um diesen amerikanischen Piloten und auch bei Tarawa, atoll sanglant, einer 1948 entstandenen Episode über den Krieg im Pazifik, ist noch sehr deutlich der Einfluß Milton Caniffs zu spüren, der in Amerika mit seiner Serie Terry and the Pirates das Genre der Flieger-Comics geprägt hatte. 1949 entstand für Spirou Hubinons erste Piratenserie, Surcouf, und ein Jahr später folgte Tiger Joe, eine Serie um einen Entdecker in Afrika. Nach Arbeiten an verschiedenen anderen Comics entstand 1959 für das neue Comic-Magazin Pilote die spannende Piratenserie Der Rote Korsar, von der er bis 1974 17 Alben gezeichnet hat. Vier Jahre später veröffentlichte er in Spirou eine neue Piratenserie, La Mouette, bevor er die Arbeit an Der Rote Korsar wieder aufnahm. Hubinon starb 1979. Der Rote Korsar wurde von Jijé fortgesetzt. Heute wird die Serie von Gaty und Pellerin gezeichnet.

Jean-Michel Charlier, Jahrgang 1924, studierte Jura an der Universität Lüttich, bevor er 1945 als Zeichner zu der Zeitschrift Spirou stieß. Er zeichnete u. a. bei Hubinons ersten Geschichten die Hintergründe und technische Details. Bald jedoch erkannte er, daß seine Stärke im Erfinden von Geschichten liegt, und konzentrierte sich ganz auf das Szenario. Neben Der Rote Korsar entstanden zusammen mit Hubinon Buck Danny, Surcouf und Tiger Joe. Außerdem stammen folgende bekannte Serien aus seiner Feder: Valhardi (Zeichner: Paape und Jijé), La Patrouille des Castors (Mitacq), Marc Dacier (Paape), Mick Tanguy (Uderzo und Jijé), Leutnant Blueberry (Giraud) und viele andere. Charlier war 1959 Mitbegründer der Zeitschrift Pilote und von 1976 bis 1978 Chefredakteur von Tintin. Er gilt als produktivster und bester europäischer Comic-Autor.

Foto: Victor Hubinon

CARLSEN COMICS
Lektorat: Andreas C. Knigge
3. Auflage 1988
© Carlsen Verlag GmbH · Reinbek bei Hamburg 1985
Aus dem Französischen von Hartmut Becker und Paul Derouet
LE DEMON DES CARIBES
Copyright © 1961 by Dargaud Editeur, Paris
Lettering: Klaus D. Baedermann
Alle deutschen Rechte vorbehalten
05078801 · ISBN 3-551-01621-6

WIR SCHREIBEN DAS JAHR 1715... IRGENDWO IN DER KARIBIK...

GOTT SEI DANK! DER STURM IST VORBEI! WIR HABEN ES GESCHAFFT!

ICH DACHTE SCHON, UNSERE LETZTE STUNDE HÄTTE GESCHLAGEN! ZUM GLÜCK WIRD DIE SEE JETZT RUHIGER! DIE GALEONE MUSSTE GANZ SCHÖN WAS AUSHALTEN!

SEIEN SIE NICHT SO ZUVERSICHTLICH, SEÑORA! ES DAUERT NOCH STUNDEN, BIS ALLE SCHÄDEN BESEITIGT SIND UND WIR WIEDER AN FAHRT GEWONNEN HABEN!

ABER VIEL SCHLIMMER IST, DASS DER STURM UNSERE FLOTTE ZERSTREUT HAT. DIESES GEWÄSSER KANN FÜR EINEN EINZELNEN SEGLER GEFÄHRLICH SEIN... VOR ALLEM BEI EINER SOLCHEN FRACHT ...

WAS FÜRCHTEN SIE DENN, KAPITÄN?

D.1.A

PIRATEN!... DIE GEFÜRCHTETSTEN FREIBEUTER DER SIEBEN MEERE HABEN SICH HIER VERSAMMELT! DIE UNZÄHLIGEN INSELN MIT IHREN KLEINEN BUCHTEN BIETEN IHNEN UNEINNEHMBARE SCHLUPFWINKEL!

IN JEDEM HAFEN SITZT EINER VON IHNEN, DER SIE DARÜBER INFORMIERT, WANN EIN SCHIFF, DAS GOLD UND SILBER AUS UNSEREN KOLONIEN GELADEN HAT, NACH SPANIEN AUSLÄUFT.

DESHALB WERDEN UNSERE FRACHTSCHIFFE, DIE DIE WESTINDISCHEN HÄFEN VERLASSEN, JETZT IMMER VON EINER KRIEGSFLOTTE BEGLEITET ... DER VERFLUCHTE STURM HAT UNSERE FLOTTE ZERSTREUT UND...

AHOI!

BACKBORD EIN SEGEL IN SICHT!

??

TATSÄCHLICH!... AM HORIZONT TAUCHT EIN SCHMALES, HOHES SEGELSCHIFF AUF...

SIND SEINE TAKELAGE UND DIE FLAGGE AUSZUMACHEN?

VERMUTLICH EINE BRIGG!... ABER ES IST KEIN ZEICHEN ERKENNBAR!

D.1.B

PER LA MADRE! ES HÄLT DIREKT AUF UNS ZU!... HM, DAS GEFÄLLT MIR GAR NICHT!

BESSER DU ZIEHST DICH IN DIE KABINE ZU UNSEREM SOHN ZURÜCK, LIEBLING!

DIE GEHEIMNISVOLLE BRIGG MANÖVERIERT GESCHICKT UND SCHNEIDET DER GALEONE DEN WEG AB...

ES IST KEINE KANONE ZU SEHEN. BESTIMMT HANDELT ES SICH UM EIN HANDELSSCHIFF.

VIELLEICHT, LIEUTENANT! POSTIEREN SIE VORSICHTSHALBER DIE MANNSCHAFT AN DEN GESCHÜTZEN.

SI, SEÑOR!

JETZT IST ES AUF GLEICHER HÖHE! AN DECK IST NIEMAND ZU SEHEN!

LIEUTENANT, LASSEN SIE EINEN WARNSCHUSS ABFEUERN!

DER BEFEHL WIRD SOFORT AUSGEFÜHRT. PLÖTZLICH...

OH!

TEUFEL! PI... PIRATEN!

AUGENBLICKE SPÄTER HÄLT DIE BRIGG DIREKT AUF DIE GALEONE ZU. DIE LUKEN DER STÜCK-PFORTEN ÖFFNEN SICH GERÄUSCHVOLL UND ENTHÜLLEN EINE REIHE SCHWERER KANONEN. GLEICHZEITIG WIRD EINE FLAGGE AN DER GAFFEL GEHISST: DIE GEFÜRCHTETE SCHWARZE TOTENKOPFFAHNE...

AN DIE KANONEN!... KLAR ZUM GEFECHT!... BACKBORD FEUER!

MEIN GOTT!... BRIGITTE...UND MEIN SOHN!

ZU SPÄT! DIE GESCHÜTZE DER BRIGG FEUERN AUS NÄCHSTER NÄHE AUF DIE ÜBERRASCHTE GALEONE.

MADRE DE DIOS! WIR SIND MANÖVRIER-UNFÄHIG!

FERTIGMACHEN ZUM ENTERN!

KRACHEND PRALLT DIE GALEONE GEGEN DAS KLEINERE SCHIFF. ENTERHAKEN WERDEN GEWORFEN. VON ALLEN SEITEN WIRD AUF DAS SPANISCHE SCHIFF GESCHOSSEN...

...UND EINE WILDE MEUTE STÜRMT AN BORD.

VORWÄRTS, JUNGS! UND KEINE GNADE!

SEÑOR CAPITAN!... SEHEN SIE DEN ANFÜHRER DIESES GESINDELS?

SANGRE Y MUERTE!* DER ROTE KORSAR!

* BLUT UND TOD

D.3 A

DER ROTE KORSAR?

JA! DER GRAUSAMSTE UND VERWEGENSTE PIRAT DES OZEANS, DER SCHRECKEN DER SIEBEN MEERE! SICH ZU ERGEBEN IST SINNLOS. ER SCHONT NIEMANDEN!

WENN ES UNS NICHT GELINGT, DIESE SCHURKEN INS MEER ZU WERFEN, HAT UNSERE LETZTE STUNDE GESCHLAGEN.

VORWÄRTS!...TÖTET SIE ALLE! EINE DOPPELTE RATION RUM FÜR DEN ERSTEN, DER DAS KAJÜTDECK ERREICHT!

AUF DEM OBERDECK TOBT EINE FÜRCHTERLICHE SCHLACHT, DIE LANGE UNENTSCHIEDEN BLEIBT. DOCH DEN PIRATEN GELINGT ES, ÜBER DIE RAHEN IN DAS TAKELWERK DER GALEONE ZU KLETTERN.

VON DORT AUS SCHIESSEN SIE AUF DIE SPANISCHEN MATROSEN, DIE DAS VORDERDECK VERTEIDIGEN.

VERFLUCHT! UNSERE MÄNNER UNTERLIEGEN! LUKEN DICHT! DIE BANDITEN DÜRFEN DAS ZWISCHENDECK NICHT ERREICHEN!

D.3.B

INZWISCHEN, IN EINER KAJÜTE UNTER DECK...

MEIN GOTT, WAS PASSIERT DORT OBEN? ICH HÖRE IMMER MEHR EXPLOSIONEN UND SCHREIE. ICH HABE ANGST! ABER ICH DARF UNSER KIND NICHT ALLEIN LASSEN!

VIELLEICHT IST LOUIS VERLETZT, UND ICH KANN IHM NICHT HELFEN!

ICH MUSS WISSEN, WAS LOS IST! NUR EINEN KURZEN BLICK...

BITTE!... BEWACHEN SIE MEINEN SOHN IN DER KAJÜTE! ICH BIN SOFORT ZURÜCK!

??... JAWOHL SEÑORA!

GLEICHZEITIG...

KÄPT'N! DAS ZWISCHEN- UND OBERDECK IST SCHON IN UNSERER HAND. ABER DIE VERFLUCHTEN SPANIER HABEN SICH AUF DAS KAJÜTDECK ZURÜCKGEZOGEN!

DIE REINSTE FESTUNG! SO IST UNSERE POSITION SCHWER ZU HALTEN!

EINEN MOMENT, JUNGS! DAS HABEN WIR GLEICH!

D.4.A

MIT EINEM SATZ IST DER ROTE KORSAR AUF DEM VORDERDECK...

LOS, JUNGS! LADET DIE KANONEN UND RICHTET SIE AUF DIE OFFIZIERS-KAJÜTE!!!

DER BEFEHL WIRD SOFORT AUSGEFÜHRT...

WIR SIND BEREIT, KÄPT'N! DIE KANONE IST GELADEN!

SCHNELL, KÄPT'N! SIE DRÄNGEN UNS ZURÜCK!

IN DECKUNG, JUNGS! AUF DEN BODEN UND...

IN DIESEM AUGENBLICK...

HENRI!...GOTT SEI DANK!

BRIGITTE!...DU?... ABER UNSER SOHN?!

INZWISCHEN, AUF DEM VORDERDECK...

FEUER!

BAOUM

VICTOR HUBINON

D.4.B.

WIE EIN ORKAN FEGT DAS GESCHOSS ÜBER DAS KAJÜTDECK...

WÄHREND SICH DIE LETZTEN ÜBERLEBENDEN PANIKARTIG HINTER DEN TRÜMMERN VERKRIECHEN, STÜRMEN DIE PIRATEN VOR...

KEINE GNADE!... TÖTET SIE!

TEUFEL, WIR SIND VERLOREN!... RETTE SICH, WER KANN!

EIN LETZTES GEMETZEL...DIE FLAGGE DER GALEONE WIRD GEKAPPT...

LOS!... WIR HABEN SIE!

ICH...ICH BIN GETROFFEN!...DAS SCHIFF IST VERLOREN...ABER SIE WERDEN ES NICHT KRIEGEN!...ICH...ICH MUSS DIE LUKE ERREICHEN!

D.5.A

SIE...SIE HABEN MICH NICHT BEMERKT!...GOTT STEH' MIR BEI, DASS ICH DIE „SANKT BARBE"* NOCH ERREICHE!...

* PULVERKAMMER

DIE PIRATEN NEHMEN DAS GESAMTE DECK EIN... NUR NOCH WENIGE MATROSEN SETZEN SICH IN DEN RAUCHGEFÜLLTEN GESCHÜTZKAMMERN ZUR WEHR...

GNADE! WIR ERGEBEN UNS!

HAHA! ZU SPÄT! DER ROTE KORSAR MACHT KEINE GEFANGENEN!

VORWÄRTS, JUNGS! AUF IN DIE OFFIZIERSMESSE UND DIE KABINEN.

PLÖTZLICH IN EINEM GANG...

ZURÜCK! HIER KOMMT IHR NICHT DURCH!

HAHA! DAS WÄRE JA GELACHT! LASST IHN MIR, JUNGS!

D.5.B

MADRE DE DIOS!... DURCHHALTEN!... ICH MUSS...

INZWISCHEN...

KÄPT'N! DIESER BENGEL STÖRT DOCH NUR! BESSER, WIR WERFEN IHN GLEICH INS WASSER!

DER ROTE KORSAR ALS AMME!...IST DOCH LÄCHERLICH!

DER BRINGT UNS UNGLÜCK!

RUHE! SEIT WANN WERDEN MEINE BEFEHLE ANGEZWEIFELT?...ZURÜCK AN EURE ARBEIT, LOS!

GLEICHZEITIG IN DER „SANKT BARBE"...

NA WARTE, ROTER KORSAR!... HAHA!

ZUM TEUFEL!... EINE EXPLOSION!... WIR SINKEN!

DAS FENSTER!... SCHNELL!

DIE GALEONE
SINKT!

KAPPT DIE ENTERHAKEN!
SEHT ZU, DASS IHR DIE RAHEN
FREIBEKOMMT! SCHNELL, SONST
ZIEHT SIE UNS MIT!

DIE TAKELAGE HAT
FEUER GEFANGEN!

AN DIE
PUMPEN!

DIE BRENNENDE GALEONE SINKT.
AUF DER BRIGG, DIE EBENFALLS
BESCHÄDIGT WURDE UND
LECK ZU LAUFEN DROHT,
HERRSCHT PANIK...

HELFT
MIR!

TEUFEL! DER SOG ZIEHT
MICH RUNTER!...AH...
EINE RAHE!

SOFORT KLAMMERT SICH DER ROTE KORSAR
MIT DEM JUNGEN IM ARM AN DER
RAHE FEST...

GERADE NOCH RECHTZEITIG! SCHON
VERSCHWINDET DAS BRENNENDE WRACK
DER SPANIER IM MEER UND VERURSACHT
GEFÄHRLICHE WELLEN...

DANN SCHWIMMEN AUSSER DER
BESCHÄDIGTEN BRIGG NUR NOCH
VEREINZELTE TRÜMMER AUF DER
MEERESOBERFLÄCHE.
AUCH VIELE PIRATEN SIND
ERTRUNKEN.

"SCHWARZER FALKE" AHOI!
HILFE!

HE, DA RUFT NOCH
EINER!

DER KÄPT'N!

KURZ DARAUF...

ERST DAS KIND!
SCHNELL, ES RÜHRT
SICH NICHT MEHR!

ES IST BESTIMMT
ERTRUNKEN!

KLAR ZUM MANÖVER! ALLE SEGEL HISSEN! DIE BEISEGEL* RAUS!... DER REST AN DIE PUMPEN!

* VERSCHIEDENE ZUSATZSEGEL AUS LEICHTEM TUCH, DIE BEI GÜNSTIGEM WIND BENUTZT WERDEN KÖNNEN

ALLE VERFÜGBAREN SEGEL WERDEN AN DEN ABGEKNICKTEN MASTEN AUFGEZOGEN, ABER DIE BRIGG KOMMT MIT IHRER SCHLAGSEITE NUR SCHWER UND MIT LEICHT WESTLICHEM KURS IN DEN WIND...

DIE NOCH WEIT ENTFERNTE FREGATTE KORRIGIERT IHREN KURS. DIE JAGD BEGINNT...

ICH BIN SICHER, SIR, DASS DIESE BRIGG ZUR BESCHREIBUNG DES „SCHWARZEN FALKEN" PASST!

DAS IST SICHER DER ROTE KORSAR, DER AUF DER FLUCHT IST!

WIR HABEN IHN! HEUTE ABEND BAUMELN DER ROTE KORSAR UND SEINE MÄNNER AN DER OBERSTEN RAHE!

ER KANN UNS NICHT MEHR ENTKOMMEN!

INZWISCHEN... DIE LECKS SIND GESTOPFT, KÄPT'N! ABER WIR MÜSSEN NOCH STUNDENLANG PUMPEN, EHE DIE LADERÄUME LEER SIND!

VERDAMMT!

DIE LEICHTE FREGATTE HOLT MIT IHREN VOLLEN SEGELN SCHNELL AUF.

VOR EINBRUCH DER DUNKELHEIT HABEN WIR SIE!

DIE ZEHNTAUSEND PFUND BELOHNUNG GEHÖREN UNS!

SIE HOLEN AUF! MIST! UNSERE EINZIGE CHANCE IST, SIE BIS EINBRUCH DER DUNKELHEIT HINZUHALTEN.

ABER WIE?

DIE FREGATTE KOMMT UNERBITTLICH NÄHER. DIE BRIGG GEHT SO HART AN DEN WIND, DASS DIE BESCHÄDIGTEN MASTEN ZU BRECHEN DROHEN. LANGE VOR SONNENUNTERGANG...

DER „SCHWARZE FALKE" IST NUR NOCH ZWEI SCHUSSLÄNGEN ENTFERNT, SIR!... WIR SIND BEREIT ZUM ANGRIFF!

MIT SIEBENHUNDERT MANN UND SECHZIG KANONEN IST DAS SCHNELL ERLEDIGT!

KLAR SCHIFF! DIE KANONIERE AN DIE GESCHÜTZE!

DIESE HUNDE MACHEN SICH BEREIT... IHRE LUNTEN BRENNEN BEREITS NEBEN DEN KANONEN! ABER NOCH HABEN SIE MICH NICHT!... HE, KLAR MACHEN ZUM LEICHTERN!

FIEBERHAFT FÜHREN DIE PIRATEN DEN BEFEHL AUS. ALLES ÜBERFLÜSSIGE WIRD ÜBER BORD GEWORFEN. WERKZEUG, EIN TEIL DES PROVIANTS, MUNITION UND TEILE ZUM AUSBESSERN DER MASTEN.

SCHNELLER, JUNGS! ES GEHT UM UNSERE HAUT!

INZWISCHEN, AUF DER FREGATTE...

SELTSAM! UNSER ABSTAND VERRINGERT SICH KAUM NOCH!

SIE HABEN GELEICHTERT, TROTZDEM SIND WIR SCHNELLER! GLEICH HABEN WIR SIE!

WIR MACHEN ZWAR MEHR FAHRT, KÄPT'N, ABER ES REICHT NICHT! ALLES IST BEREITS ÜBER BORD!

DU TÄUSCHST DICH!

LÖST DIE MASTENKEILE UND DIE WANTEN-SPANNER! LEERT DIE WASSERFÄSSER! **ALLE KANONEN INS WASSER! NUR DIE LEICHTEN GESCHÜTZE BLEIBEN AN BORD!**

WAS?

D. 11.A

DAS IST DOCH SELBSTMORD! WIR SIND DANN VÖLLIG WEHRLOS!

DAS IST WAHNSINN! OHNE KEILE KIPPEN DIE MASTEN BEI DER KLEINSTEN BÖ WEG!

WIR WERDEN VERDURSTEN!

ZUM TEUFEL, IHR DICKKÖPFE! WOLLT IHR LIEBER AM MAST BAUMELN? UND SCHMEISST NOCH DIE HÄLFTE VOM BALLAST WEG!

VERFLUCHT! DIESE VERDAMMTE BRIGG WIRD IMMER SCHNELLER!

DIESER ROTE KORSAR IST DER TEUFEL PERSÖNLICH!

TROTZ DES ZWEIFELS AN DER RICHTIGKEIT DER BEFEHLE GEHORCHEN DIE PIRATEN DES „SCHWARZEN FALKEN" IHREM ANFÜHRER...

BEI DEM KLEINSTEN WINDSTOSS KNICKEN UNSERE MASTEN WIE STREICHHÖLZER, UND OHNE BALLAST KENTERN WIR BEI DER NÄCHSTEN SEITENWELLE!

PAH! DAS WASSER IM FRACHTRAUM HÄLT UNSER GLEICHGEWICHT!

UND SO...

GESCHAFFT! DER ABSTAND ZU DIESEN HUNDEN WIRD WIEDER GRÖSSER!

SICHER! ABER FÜR WIE LANGE? DIE SPANTEN KNACKEN ÜBERALL!

D. 11.B

AUF DER FREGATTE IST MAN MEHR ERSTAUNT ALS VERÄRGERT...

SIE ENTWISCHEN! ER HAT UNS ÜBERLISTET!

DER ROTE KORSAR IST ZWAR EIN VERBRE-CHER, ABER EIN GUTER SEEMANN!

DIE FREGATTE TAKELT SÄMTLICHE SEGEL, DOCH DIE BRIGG KANN IHREN VORSPRUNG HALTEN UND SOGAR VERGRÖSSERN...

LOS, HISST DIE STAGFOCK! SCHNELLER!

ZWECKLOS! DIESES VERDAMMTE SCHIFF IST SCHNELLER!

VIELLEICHT! ABER SIE WER-DEN NICHT EWIG GÜNSTIGEN WIND HABEN. WENN SICH DAS WETTER ÄN-DERT, HABEN WIR EINE CHANCE!

WENN WIR IHREM KIELWASSER FOLGEN, KRIEGEN WIR SIE SICHER!... SEHEN SIE, DER ABSTAND BLEIBT KONSTANT!

ES WIRD DUNKEL!... WIR HABEN'S GESCHAFFT!

HM...ABER NUR, WENN DER KAHN DURCHHÄLT! DIE FRE-GATTE KANN AUCH IM MOND-SCHEIN UNSEREM KIELWAS--SER FOLGEN.

LASS MICH NUR MACHEN...LÖSCHT ALLE LICHTER! ICH WILL KEIN EINZIGES LICHT AUSSER DER HECKLATERNE SEHEN!

?ÄH...VER-STANDEN!

D.12.A

AUCH IN DER DUNKELHEIT GELINGT ES DER BRIGG TROTZ ALLER ANSTRENGUNGEN NICHT, DEN ABSTAND ZU DER FREGAT-TE ZU VERGRÖSSERN. DURCH DIE NACHTBRISE VERRINGERT SICH DER ABSTAND SOGAR.

SIE NEHMEN KURS AUF DIE INSELN. DA KÖNNTEN SIE UNS ENTWISCHEN.

KEINE SORGE! SEHEN SIE DIE WOLKEN?...EIN UNWETTER KOMMT AUF. DAS HÄLT IHR SCHIFF NICHT DURCH!

AUF DEM „SCHWARZEN FALKEN"...

SIEHST DU DEN STURM AUFZIEHEN? DAS BEDEUTET UNSER ENDE!

NEIN!...UNSERE RETTUNG!

PLÖTZLICH VERSCHWINDET DER MOND HINTER DEN WOL-KEN, UND AUF DEM MEER HERRSCHT TIEFSTE FINSTERNIS...

ENDLICH! AUF DIE DUNKELHEIT HABE ICH GEWARTET!

ABER...UNSERE HECK-LATERNE! DER FEIND BRAUCHT IHR NUR ZU FOLGEN, WENN WIR SIE NICHT LÖSCHEN!

LANGSAM, JUNGE!... HAHA! JETZT WERDEN DIE SEELEUTE IHRER MAJESTÄT REIN-GELEGT!

VICTOR HUBINON
D.12.8

LASST DAS BOOT ZU WASSER, BLOK-KIERT DAS RUDER, SETZT DEN MAST, HISST DAS SEGEL UND BRINGT OBEN DAS GRÖSSTE LICHT AN, DAS WIR HABEN.

AH!...JETZT VERSTEHE ICH!

SCHNELL UND OHNE DIE BRIGG ZU VERLANGSAMEN, WIRD DAS BOOT ZU WASSER GEBRACHT...

LÖSCHT DAS HECKLICHT, SOBALD DIE BOOTSLA-TERNE BRENNT!

EIN PAAR MINU-TEN SPÄTER...

ALLES KLAR, KÄPT'N!

GUT!...LÖSCHT JETZT DIE HECKLEUCHTE UND ZÜNDET DIE LATERNE AUF DEM BOOT AN! ABER GLEICHZEITIG!

AUSGEZEICHNET!...JETZT DIE TROSSE KAP-PEN UND RUNTER VOM BOOT!...ALLE FERTIG-MACHEN ZUM MANÖVER!

D.13.A

DAS BOOT HAT ABGELEGT!

SEHR GUT!...STEUERMANN, RUDER VOLL BACKBORD, KURS NORD-WEST!... KEIN LICHT UND ABSO-LUTE RUHE!

AUF DER FREGATTE...

PEST UND TEUFEL! MAN SIEHT NICHTS!... ZUM GLÜCK HABEN DIE STÜMPER IHRE HECKLATERNE BRENNEN!

WIR HOLEN AUF, SIR! BALD HABEN WIR DEN ROTEN KORSAR UND SEINE PIRATEN!

DIESMAL ENT-KOMMT ER MIR NICHT!... KLAR SCHIFF!

INZWISCHEN ENTFERNT SICH DER „SCHWARZE FALKE" VON SEINEM BELEUCHTETEN BEIBOOT UND ÄNDERT IM SCHUTZ DER DUNKELHEIT SEINEN KURS IN DIE GEGENRICHTUNG...

D.13.B

VERBORGEN IM DUNKEL DER NACHT UND VÖLLIG GERÄUSCHLOS SEGELT DIE BRIGG NUR WENIGE TAULÄNGEN ENTFERNT AN DER FREGATTE VORBEI...

HAHA! BIS SIE UNSER BOOT ERREICHT HABEN SIND WIR LÄNGST AM HORIZONT VERSCHWUNDEN! WENN DIE WÜSSTEN, DASS WIR VOR IHREN KANONEN VORBEIGEZOGEN SIND!

D.14.A

DIE LIST DES ROTEN KORSARS IST GEGLÜCKT. NACH ETLICHEN STUNDEN ERREICHT DIE FREGATTE IHRE BEUTE. VERBLÜFFT MUSS DER KAPITÄN FESTSTELLEN, DASS SIE EINEM BEIBOOT GEFOLGT SIND...

TOD UND TEUFEL! DIESER SCHURKE HAT MICH LÄCHERLICH GEMACHT!... WOHIN KANN ER NUR VERSCHWUNDEN SEIN?

DIE FREGATTE LAVIERT NOCH EINIGE MALE HIN UND HER. ALS DER MORGEN DÄMMERT, IST DIE BRIGG DES ROTEN KORSARS SPURLOS VERSCHWUNDEN...

D.14.B

WENIG SPÄTER ERREICHT SIE DIE ZERKLÜFTETEN FELSEN DER KARIBIKINSELN, DIE SEIT JAHRHUNDERTEN DEN PIRATEN ALS SCHUTZ DIENEN UND UNEINNEHMBAR SIND.

HAHA! HAHA! SIEH NUR GUT HIN, MEIN SOHN! EINES TAGES IST DAS DEIN REICH! ALLE SEEFAHRER DER SIEBEN WELTMEERE SOLLEN VOR DIR, **DEM TEUFEL DER KARIBIK, ERZITTERN!**

VICTOR HUBINON
D.14.C

BALD...

STREICHT DIE SEGEL! KLAR ZUM ANKERN!

WIR SIND DA, MEIN SOHN! HAHA, WIE VIELE WÜRDEN EINIGES DARUM GEBEN, IN DIE HÖHLE DES LÖWEN ZU GELANGEN!... ABER KEINE ANGST, HIER SIND WIR SICHER!

EINE HALBE STUNDE SPÄTER... UND JETZT LERNST DU DEIN NEUES ZUHAUSE KENNEN!

MEINE FREUNDE, DIE SICH MIR ANGESCHLOSSEN HABEN, UM EIN FREIES LEBEN ZU FÜHREN, ERWARTEN MICH. UNSERE DEVISE LAUTET: WEDER HERR NOCH GESETZ!... UND DU WIRST SIE EINES TAGES ANFÜHREN!

WILLKOMMEN, ROTER KORSAR! HALLO, JUNGS!

PEST UND TEUFEL!... EIN KIND!

SEID GEGRÜSST!... ICH MÖCHTE EUCH MEINEN SOHN VORSTELLEN, HAHA!... DAS WAR UNSERE EINZIGE BEUTE, ABER WIR MACHEN WEITER!... MACHT EIN FASS RUM AUF... ZU EHREN DES TEUFELS DER KARIBIK!

AUF SEINE ZUKÜNFTIGEN TATEN!

ABER WIE HEISST DENN DEIN SOHN?

VERDAMMT, DAS HÄTTE ICH BEINAH VERGESSEN!... HM, WIE WÄR'S MIT RICK?

ICH KANN MIR NICHT VORSTELLEN, DASS DU DICH UM IHN KÜMMERST!?

BABA!... ER SOLL IHN HÜTEN!

UND DU, ALTER FUCHS, WARST DOCH FRÜHER MAL ARZT, ODER? DU UNTERRICHTEST IHN IM LESEN, SCHREIBEN, RECHNEN UND IN LATEIN UND GRIECHISCH! ES WIRD ZEIT, DASS DU DICH NÜTZLICH MACHST!

ABER...

RUHE! DU MACHST AUS IHM EINEN GEBILDETEN MANN! UND ICH SORGE DAFÜR, DASS ER DAS KÄMPFEN UND DIE SEEFAHREREI LERNT. DARIN BIN ICH DER BESTE!

WÄHREND RICK AUF EINER DER KARIBIKINSELN AUFWÄCHST, FÜHRT DER ROTE KORSAR WEITERHIN SEINE RAUBZÜGE DURCH. ÜBER DAS MEER UND ENTLANG DEN KÜSTEN DRINGT SEIN VERWEGENER RUF BIS IN DAS ENTFERNTE EUROPA. BEREITS SEIN NAME VERSETZT JEDEN IN ANGST UND SCHRECKEN...

ALS FÜHRUNGSSCHIFF EINER FLOTTILLE KEHRT DER „SCHWARZE FALKE" ZWISCHEN SEINEN BEUTEZÜGEN ZURÜCK, OFT ARG RAMPONIERT, ABER IMMER REICH BELADEN...

WÄHREND ZIMMERLEUTE UND KALFATERER DIE BOOTE FÜR NEUE EXPEDITIONEN HERRICHTEN, KÜMMERT SICH DER ROTE KORSAR PERSÖNLICH UM DIE ERZIEHUNG SEINES SOHNES ...

SIEH NUR, WAS ICH DIR DIESMAL MITGEBRACHT HABE, MEIN SOHN! EIN NETTES SPIELZEUG!

OH!... PISTOLEN!

ICH HABE SIE EXTRA FÜR DICH EINEM ENGLISCHEN KAPITÄN ABGENOMMEN... HAHA! KOMM, ICH ZEIG' DIR, WIE MAN DAMIT UMGEHT!

HOL ZWEI KOKOSNÜSSE, BABA!... UND WIRF SIE SO HOCH, WIE DU KANNST!

FERTIG, KÄPT'N!

LOS!

DAS GEFÄLLT MIR BESSER ALS LATEIN!

OH! GROSSARTIG!... JETZT LASS MICH MAL VERSUCHEN!

KURZ DARAUF...

FERTIG BABA?... ABER WARUM WIRFST DU NUR EINE NUSS?

HAHA! FÜR DEN ANFANG GENÜGT ES, NUR EINE ZU TREFFEN!

MIST!

VERD...! DANEBEN!

POK

AU!

HAHA! BABA HAT MIT RECHT NUR EINE NUSS HOCHGEWORFEN!... LOS! VERSUCH'S NOCH MAL!

DER ROTE KORSAR VERSÄUMT ES AUCH NICHT, AUS RICK EINEN KUNDIGEN SEEFAHRER ZU MACHEN...

RUDER BACKBORD, JUNGE!...TEUFEL, SONST KENTERN WIR!

D. 18 A

WANN NIMMST DU MICH ENDLICH MIT? ICH WILL KÄMPFEN, ANSTATT VON DEM DREIBEINIGEN UNTERRICHTET ZU WERDEN!

WENN ICH ES FÜR RICHTIG HALTE! ERST WIRST DU NOCH LERNEN MÜSSEN!

AUSSERDEM BRAUCHST DU BESSERE LEHRER! ICH BESORGE DIR WELCHE!... DIE BESTEN LEHRMEISTER DER NEUEN WELT!

???

ICH HOLE SIE AUS CARTAGENA. DORT STUDIEREN DIE SÖHNE DER SPANISCHEN ADELIGEN! AUCH DER SOHN DES SPANISCHEN VIZEKÖNIGS. ES WÄRE DOCH GELACHT, WENN DU DARAN NICHT TEILHABEN KÖNNTEST! HAHA!

DA DU SO GERN MIT MIR FAHREN WILLST, NEHME ICH DICH MIT.... HAHA, DU BIST DER ERSTE SCHÜLER, DEM SEINE LEHRER FOLGEN WERDEN!... HAHA!

DREI TAGE SPÄTER LICHTET DER „SCHWARZE FALKE" SEINE ANKER! AN BORD IST AUSSER DEM ROTEN KORSAR UND SEINER MANNSCHAFT AUCH SEIN SOHN RICK...

WENN DER WIND SO BLEIBT, KREUZEN WIR IN ZWÖLF TAGEN VOR CARTAGENA!

EIN GEWAGTES UNTERNEHMEN, KÄPT'N! DORT WIMMELT ES NUR SO VON KRIEGSSCHIFFEN!

VICTOR HUBINON
D. 18. B.

EINES ABENDS, NACH VIERZEHNTÄGIGER RUHIGER FAHRT, BEI DER MAN DIE BEFAHRENEN GEWÄSSER GEMIEDEN HAT...

NACH MEINEN BERECHNUNGEN MÜSSEN WIR IN EIN PAAR STUNDEN DIE KÜSTE ERREICHEN.

UND WANN KÄMPFEN WIR ENDLICH?

KÄMPFEN?... ICH HOFFE, WIR BEGEGNEN NICHT EINER MENSCHENSEELE!... ACH, KÄPT'N, ES IST BESSER, JETZT KEIN LICHT MEHR ANZUZÜNDEN!...

SO ERREICHEN WIR DIE KÜSTE IM SCHUTZ DER DUNKELHEIT, OHNE VON DEN SPANIERN GESEHEN ZU WERDEN.

IM GEGENTEIL!

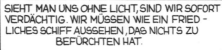

SIEHT MAN UNS OHNE LICHT, SIND WIR SOFORT VERDÄCHTIG. WIR MÜSSEN WIE EIN FRIEDLICHES SCHIFF AUSSEHEN, DAS NICHTS ZU BEFÜRCHTEN HAT.

ABER... DER „SCHWARZE FALKE" IST BEKANNT!

NACHTS SEHEN ALLE SCHIFFE GLEICH AUS! HISST DIE FLAGGE DER BRITISCHEN HANDELSMARINE.

D.19.A.

IST DAS NICHT ZU GEWAGT?

DIE SPANIER VERMUTEN GAR NICHT, DASS WIR UNS IN IHRE HÖHLE VORWAGEN.

TATSÄCHLICH! ZWEI STUNDEN NACH SONNENUNTERGANG TAUCHT IN DER DUNKELHEIT EINE SCHWARZE SILHOUETTE AUF, EINE SPANISCHE FREGATTE, DIE VOR DER KOLUMBIANISCHEN KÜSTE KREUZT.

SCHIFF AHOI!... WER SEID IHR?

DIE BRIGG „VIRGINIA" MIT CAPTAIN CUSTER AUS YARMOUTH MIT KURS AUF CARTAGENA, UM GEWÜRZE ZU LADEN!

WILLKOMMEN IN UNSEREN GEWÄSSERN, SEÑOR CAPTAIN. HABEN SIE UNTERWEGS DEN „SCHWARZEN FALKEN" DES ROTEN KORSAREN GESEHEN?

DEN ROTEN KORSAR?... HELL!*... DANN WÄREN WIR JETZT WOHL NICHT HIER!

* HÖLLE

D.19 B

20

IN DER TAT, SEÑOR! ABER JETZT HABEN SIE NICHTS MEHR ZU BEFÜRCHTEN. DER ROTE KORSAR WIRD SICH NICHT BIS HIERHER VOR-WAGEN!... HAHAHA! GUTE FAHRT!

GUTE FAHRT, SEÑOR!

PUH! DAS WAR KNAPP!

GLÜCKLICHERWEISE SPRICHT DER DUMMKOPF GENAUSO SCHLECHT ENGLISCH WIE ICH!

SEHR GUT, KLEINER! NICHT SCHLECHT FÜR DEN ANFANG! MERK DIR, KÜHNHEIT SIEGT IMMER!

EINE STUNDE SPÄTER...

AHOI!... STEUERBORD LAND IN SICHT! DIE LICHTER VON CARTAGENA VORAUS!

ABER DER ROTE KORSAR BESCHLIESST, NICHT DEN HAFEN MIT DEN KRIEGSSCHIFFEN ANZULAUFEN. STATT DES-SEN WEICHT ER IN EINE KLEINE BUCHT AUS.

ANKER WERFEN!

ES HERRSCHT FÜR ALLE ABSOLUTE NACHTRUHE! MORGEN GEHEN WIR ÜBER LAND NACH CARTAGENA.

D-20 A

AM NÄCHSTEN ABEND...

HOLT WASSER UND HALTET DAS SCHIFF MIT KURS AUF DAS OFFENE MEER BEREIT! LICH-TET MORGEN FRÜH DEN ANKER!

WIR TREFFEN DIE ZWEI KUNDSCHAFTER, DIE ICH HEUTE MORGEN LOSGESCHICKT HABE, UM HERAUSZUFINDEN, WIE MAN AM GÜNSTIG-STEN IN DIE STADT KOMMT.

DA SIND UN-SERE LEUTE!

DIE STADT TORE SIND NACHTS GESCHLOSSEN. DAFÜR IST DER HINTERE TEIL DER STADTMAUER SEHR SCHLECHT BEWACHT.

DIE SPANIER FÜRCHTEN DIE GEFAHR VOM MEER, NICHT VON DEN EINGE-BORENEN AUS DEM HINTERLAND!

SCHÖN! DAS DACHTE ICH MIR!

EINE STUNDE SPÄTER...

HIER IST DER TEIL DER STADTMAUER, DER NICHT BEWACHT IST.

ABER WIE KOMMEN WIR DA HOCH? DIE MAUER BIETET NICHT DEN GERINGSTEN HALT.

HAHA HA! PASS AUF, MEIN SOHN!

VICTOR HUBINON
D.20.B

BABA, DU WEISST, WAS ZU TUN IST!

LOS, JUNGS! UND SEID LEISE!

KURZE ZEIT SPÄTER SITZEN DIE PIRATEN AUF DER STADTMAUER...

GESCHAFFT! DER HIMMEL BEWÖLKT SICH! OHNE MOND SIEHT MAN KEINE DREI SCHRITTE WEIT!

D.21A

WIR TEILEN UNS AUF. VERSTECKT DIE WAFFEN, WIR MÜSSEN WIE HERUMSTREUNENDE MATROSEN AUSSEHEN. DIE SCHULE ERREICHEN WIR AUF VERSCHIEDENEN WEGEN.

WIR TREFFEN UNS IN EINER HALBEN STUNDE IN DER GASSE, DIE AM SCHULGARTEN ENTLANGFÜHRT! IHR ZWEI BLEIBT HIER UND DECKT UNSEREN RÜCKZUG!

JEWEILS ZU DRITT GEHEN SIE IN DIE STADT...

GETARNT ALS BETRUNKENE SEELEUTE, DRINGEN SIE BIS ZUR STADTMITTE VOR, NICHT OHNE AUF SPANISCHE WACHPATROUILLEN ZU TREFFEN...

HAHA! SEHT MAL DIE DA! GANZ SCHÖN BETRUNKEN!

NICHTS GEGEN EURE SAUFEREI, ABER ETWAS LEISER BITTE! DIE ANWOHNER SCHLAFEN SCHON!

ZU...HICK... DIENSTEN, SEÑOR TENENTE*!

* LIEUTENANT

EINE HALBE STUNDE SPÄTER, IN EINER DUNKLEN GASSE...

DA KOMMEN DIE LETZTEN! JETZT KANN'S LOSGEHEN!

D.21.B

22

IHR ZWEI WARTET IM GARTEN, UM ZU VERHINDERN, DASS JEMAND FLIEHT. DER REST KOMMT MIT MIR DURCH DAS HAUPTPORTAL!... UND ABSOLUTE RUHE!

GESCHICKT KLETTERN ZWEI MÄNNER ÜBER DIE SCHULMAUER IN DEN GARTEN...

IHR WARTET HIER, BIS RICK DIE TÜR GEÖFFNET WIRD, DANN REIN MIT EUCH!

EINEN AUGENBLICK SPÄTER...

AUFMACHEN!... BITTE AUFMACHEN!

SCHNELL! LASSEN SIE MICH REIN! ICH HABE EINE DRINGENDE NACHRICHT FÜR DEN REKTOR!

??

ÄH...JA, EIGENTLICH DARF ICH KEINEM MEHR ÖFFNEN, ABER WENN ES SO DRINGEND IST!...

JA, SCHNELL!

D.22 A

ICH... ÄH... OH!

KEINEN LAUT, SONST BIST DU EIN TOTER MANN! ICH BIN DER ROTE KORSAR! SCHNELL, RICK, RUF UNSERE LEUTE!

GN...GNADE, SEÑOR! ICH TUE ALLES, WAS IHR VERLANGT!

ZEIG UNS DIE RÄUME DER LEHRER, UND FÜHRE UNS ZUM SOHN DES VIZEKÖNIGS!... SCHNELL, UND KEINEN MUCKS!

LOS! ABER SEID LEISE!

HIER... HIER IN DIESEM TRAKT WOHNEN DIE LEHRER!

ALSO, WAS BRAUCHEN WIR? EINEN LATEINLEHRER, EINEN FÜR MATHEMATIK, EINEN FÜR NATURWISSENSCHAFTEN UND EINEN FÜR SPRACHEN! MACH SCHON, ICH HAB'S EILIG!

D.22.B.

VERÄNGSTIGT FÜHRT DER DIENER SIE ZU DEN ZIMMERN...

HIER WOHNT DER LEHRER FÜR NATURWISSENSCHAFTEN UND DA DER FÜR MATHEMATIK... UND HIER...

ZWEI MANN AN JEDE TÜR. AUF MEIN KOMMANDO TRETET IHR SIE EIN UND BITTET DIE HERREN HÖFLICH, IHRE SACHEN ZU PACKEN UND EUCH ZU FOLGEN!

UND NUN DEINE AUFGABE, MEIN JUNGE : BRING MIR DEN SOHN DES VIZE-KÖNIGS HER!

JAWOHL, KÄPT'N!

HAST DU GEHÖRT? ZEIG MIR SEIN ZIMMER UND VERGISS NICHT: ICH SCHIESSE GUT!

JA... JAWOHL!

WÄHREND SICH RICK AUF DEM GANG ENTFERNT...

GENUG ZEIT VER-LOREN! SEID IHR BEREIT?... DANN LOS!

IN JEDEM ZIMMER WIEDERHOLT SICH DIE GLEICHE SZENE...

AUFSTEHEN, PROFESSOR! ES IST ZEIT ZU GEHEN!

D.23A

HÄ?!... ABER WAS IST PASSIERT?

LOS, LOS, WIR HABEN KEINE ZEIT! UND KEINEN LAUT, WÄHREND WIR IHREN KOFFER PACKEN...

ABER... SEID IHR VERRÜCKT? ICH...ICH PROTESTIERE ENT-SCHIEDEN! MEINE KLEIDER...IHR ZERKNITTERT ALLES!

LOS! SCHNELL AN-ZIEHEN, PROFES-SOR!

ABER... ES IST MITTEN IN DER NACHT! WER... WER SEID IHR ÜBER-HAUPT?

DAS ERFAHREN SIE FRÜH GENUG!... SO, DAS REICHT! WIR GEHEN!

SEINE SACHEN SIND GEPACKT!

DREI MINUTEN SPÄTER SIND ALLE LEHRER IM GANG VERSAMMELT. SIE VERSTEHEN NICHT, WAS VOR SICH GEHT...

SO! ALLE DA?... DANN KÖNNEN WIR LOS. UNTER-WEGS STOSSEN WIR AUF RICK.

ZURÜCK IN EURE ZIMMER, SONST KNALLT'S!

??... PI-PIRATEN?!

INZWISCHEN...

DAS ZIMMER VON DON ENRIQUE! ES IST VER-SCHLOSSEN!

EGAL! ICH HABE EINEN „SCHLÜSSEL"...

D.23B.

SO! DIE TÜR IST OFFEN!

BLAMM

ABER...MADRE DE DIOS!

LASS DAS, GRÜN-SCHNABEL!

BLAMM

DU BIST MEIN GEFANGENER! ZIEH DICH AN, WIR GEHEN...

WEISST DU, WEN DU VOR DIR HAST, BURSCHE?

KURZ DARAUF...

GUT GEMACHT, JUNGE! MIT SO EINER GEISEL HABEN WIR LEICHTES SPIEL! ABER JETZT NICHTS WIE WEG! ALLES HÄNGT VON UNSERER SCHNELLIGKEIT AB!

DAS SOLLT IHR BÜSSEN! DAFÜR WERDET IHR HÄNGEN!

D.24.A

DER ÜBERFALL DAUERT NUR WENIGE MINUTEN. BEVOR MAN DIE LAGE IN DER SCHULE BEGREIFT, IST DER ROTE KORSAR MIT SEINEN GEFANGENEN SCHON IN DER STADT...

ZWECKLOS, JETZT NOCH VORSICHTIG ZU SEIN. SCHNELL ZUR MAUER ZURÜCK!

DIE PIRATEN TREIBEN IHRE GE-FANGENEN IM LAUFSCHRITT DURCH DIE DUNKLEN GASSEN, ABER NICHT, OHNE IHREN RÜCKZUG ZU DECKEN.

WAS SIND DAS DAHINTEN FÜR FLAMMEN?

KEINE SORGE! UNSERE LEUTE LEGEN FEUER, UM DIE VER-WIRRUNG ZU VERGRÖSSERN...

HÖR MAL! DIE ALARM-GLOCKE!

EGAL! DIE MAUER IST GLEICH DA VORN!

ABER...

HALT!...WER DA?...STEHENBLEIBEN, ODER ICH LASSE SCHIESSEN!

EINE SPANISCHE PATROUILLE! WIR SIND VERLOREN!

SIE SPERREN DEN WEG!...

VICTOR HUBINON D.24.B

GUT, GONZALES!... KOMMT HOCH, UND ALLE MANN AN DIE GEWEHRE!

MEHRERE GESCHÜTZSALVEN PRASSELN AUF DIE SPANIER HERAB UND STOPPEN IHREN ANSTURM...

DIE WENIGEN ÜBERLEBENDEN FLIEHEN PANIKARTIG...

HILFE!

PIRATEN GREIFEN DIE STADT AN!

DIE STADTMAUER IST IN FEINDESHAND!

WÄHREND SICH IN DER STADT VERWIRRUNG AUSBREITET, HABEN DIE PIRATEN DIE STADTMAUER BEREITS VERLASSEN. SCHNELL ZIEHEN SICH DIE MÄNNER IN DEN URWALD ZURÜCK. EINE NACHHUT DECKT IHREN RÜCKZUG.

DAS IST DER LETZTE!

ALSO LOS, JUNGS!

D. 26A

SCHNELLER, SONST HOLEN UNS DIE SPANIER EIN!... AH, DER WIND STEHT GÜNSTIG UND WEHT IN RICHTUNG STADT! PEDRO UND BABA, IHR BEIDE LEGT FEUER!

GESCHÜTZT DURCH EINEN FEUERWALL ERREICHT DIE GRUPPE SCHLIESSLICH DIE BUCHT, IN DER DER "SCHWARZE FALKE" AUF SIE WARTET.

ICH... ICH KANN NICHT MEHR!

HAHA! NUR WEITER! AN BORD KÖNNT IHR EUCH AUSRUHEN!

WOHIN VERSCHLEPPT IHR UNS?... ICH... ICH PROTESTIERE!

DIE BRIGG IST SCHON FAHRBEREIT. NACHDEM DIE PIRATEN AN BORD SIND...

SPERRT DIE GELEHRTEN IN DEN NAVIGATIONSRAUM UND BEWACHT SIE!... AHOI, HISST DIE SEGEL, KURS AUFS MEER. WIR MÜSSEN WEIT DRAUSSEN SEIN, EHE DIE SPANIER ETWAS UNTERNEHMEN!

LASST MICH HIER! MEIN VATER ZAHLT EUCH EIN HOHES LÖSEGELD!

ABER EXELLENZ! IHR WOLLT EURE LEHRER VERLASSEN? DAS WÄRE SCHLECHT FÜR EURE ERZIEHUNG! REICHT MIR LIEBER DIE HAND, ICH BIN EUER NEUER MITSCHÜLER!

INZWISCHEN IN CARTAGENA, IM PALAST DES SPANISCHEN VIZEKÖNIGS...

WAS SAGT IHR?... MEIN SOHN IST ENTFÜHRT?... DIE STADT BRENNT? BEI DER HEILIGEN JUNGFRAU, DAS WAR BESTIMMT DER ROTE KORSAR!

D. 26B.

IHR SEID ALLE UNFÄHIG!... WIE IST ES IHNEN ÜBERHAUPT GELUNGEN, AN UNSERER KÜSTE ZU LANDEN UND IN DIE STADT EINZUDRINGEN?

ÄH...

ICH GEBE EUCH 48 STUNDEN ZEIT, MEINEN SOHN UND SEINE SCHICKSALSGEFÄHRTEN ZURÜCKZU- BRINGEN!...UND DEN ROTEN KORSAR, TOT ODER LEBENDIG! VERSTANDEN? SONST STELLE ICH EUCH VOR EIN STANDGERICHT!

ZU...ZU EUREN DIENSTEN, EXZELLENZ!

ALLE SCHIFFE IM HAFEN SOLLEN DIE KÜSTE UND DAS MEER ABSUCHEN, SO LANGE, BIS SIE EINE SPUR GEFUNDEN HABEN. ALAR- MIERT ZUSÄTZLICH DIE KRIEGSFLOTTE.

ZWEI STUNDEN SPÄTER IST EINE GANZE FLOTTE VON HANDELS- UND KRIEGS- SCHIFFEN MIT KURS NORD-NORD-OST IN RICHTUNG AUF DIE KARIBISCHE SEE AUSGELAUFEN...

SIE HABEN NUR WENIG VOR- SPRUNG, UND WIR MÜSSTEN SIE BALD EINGEHOLT HABEN. ES SEI DENN, SIE VERSTECKEN SICH IN EINER BUCHT, ABER AUCH DA FINDEN WIR SIE!

FRÜHER ODER SPÄTER MÜSSEN SIE AUF HOHER SEE UNSERER KRIEGSFLOTTE BEGEGNEN.

ABER DER LISTIGE ROTE KORSAR SIEHT DIE GEFAHR VORAUS...

DIE SPANIER VERMUTEN UNS BESTIMMT IM NORDEN ODER IM OSTEN!... ALSO, STEUER- MANN, KURS RICHTUNG SÜDEN!

D.27.A

DER GERADE WEG IST ZWAR DER KÜRZERE, EIN BOGEN ABER SICHERER, MEIN SOHN! WENN ES SEIN MUSS, MACHEN WIR EINEN UM- WEG ÜBER DIE AZOREN UND ÜBER FLORIDA, UM UNSEREN VERFOLGERN AUS DEM WEG ZU GEHEN!

TROTZDEM HEISST ES AUFPASSEN! DIESER JUNGE MANN IST UNSERE SICHERHEIT! BIETEN WIR IHM EINEN STANDESGEMÄSSEN PLATZ AN!... LOS, BABA!...

??

BINDET SEINE HOHEIT AUF DEM HÖCHSTEN PLATZ DES SCHIFFES AUF EIN PULVERFASS, SO DASS MAN IHN VON ALLEN SEITEN GUT SEHEN KANN! DANN VERGEHT SEINEN LANDSLEUTEN DIE LUST, AUF UNS ZU SCHIESSEN!

WAS??

ETWAS SPÄTER...

GNADE, GNADE!...O NEIN, NICHT HIER!...MACH DIE PFEIFE AUS, SONST FLIEGE ICH IN DIE LUFT!

EIN WENIG ZITTERN HÄLT DICH IN BEWE- GUNG!

DU KOMMST ERST WIEDER LOS, WENN WIR DIESE GE- FÄHRLICHEN GEWÄSSER VERLASSEN HABEN.... BETE, DASS ALLES GUT- GEHT, HAHA HA!

UND DU BIST NICHT HIER, UM SPÄSSE ZU TREIBEN. DEINETWEGEN HABEN WIR DIE LEHRER GEHOLT, ALSO FANG GLEICH MIT DEM UNTERRICHT AN. LOS, AN DIE BÜCHER!

?!

D.27.8

ICH LERNE SPÄTER! MOMENTAN HABE ICH BESSERES ZU TUN!

BESSERES?... DAS WIRD SICH ZEIGEN! MEINST DU, WIR HABEN UNSER LEBEN FÜR EINEN NICHTSNUTZ RISKIERT?

MEINE HERREN PROFESSOREN, HIER IST EUER NEUER SCHÜLER, DICKKÖPFIG, ABER NICHT DUMM! MACHT AUS IHM EINEN GELEHRTEN, ABER SCHNELL!... SONST LASSE ICH EUCH ALLE ÜBER BORD WERFEN!... SO, DER UNTERRICHT HAT BEGONNEN!

????

AUA!

SETZ DICH, JUNGE! SEI GEHORSAM UND FLEISSIG!... UND HÖFLICH, WENN DU DEN HERREN ANDROHST, SIE UMZULEGEN, FALLS SIE DICH NICHT RICHTIG ERZIEHEN WOLLEN.

KURZ DARAUF...

HM!... WIE WEIT GEHEN EURE ALGEBRAKENNTNISSE?... WIE IST ES MIT EINER GLEICHUNG MIT ZWEI UNBEKANNTEN?...

GRRR!... AM LIEBSTEN WÜRDE ICH EUCH ERSCHIESSEN!

EURE KENNTNISSE LASSEN ZU WÜNSCHEN ÜBRIG!

KONJUGIERT AUF LATEINISCH: „ICH SPIELE WÄHREND DES UNTERRICHTS MIT DER PISTOLE!"

D. 28.A

BEI GUTEM WIND UND SÜDLICHEM KURS KANN DER „SCHWARZE FALKE" EINEN VORSPRUNG HERAUSHOLEN.

WIR SIND WEIT GENUG. FERTIGMACHEN ZUR KURSÄNDERUNG... NACH OSTEN!

WIR SIND AUS DER GEFAHRENZONE! DU KANNST DEN TROTTEL JETZT LOSBINDEN, BABA! AB SOFORT WIRD ER ZUSAMMEN MIT RICK UNTERRICHTET.

WAS HAST DU MIT IHM VOR?

HAHA! DIESER GRÜNSCHNABEL IST SEIN DREIFACHES GEWICHT IN GOLD WERT. SEIN „EDLER" VATER SOLL MIR EIN LÖSEGELD ZAHLEN. ICH WERDE ES ALS LOHN FÜR DIESE EXPEDITION UNTER DER MANNSCHAFT AUFTEILEN!

DER SOHN DES VIZEKÖNIGS NIMMT AN DEM SELTSAMEN UNTERRICHT TEIL.

NUR GEDULD! WENN DIE GLAUBEN, MICH GEBÄNDIGT ZU HABEN, IRREN SIE!

DIE BANDITEN DÜRFEN IHR VERSTECK NICHT ERREICHEN, SONST BIN ICH ERLEDIGT.... ICH MUSS SIE ZWINGEN, EINEN NÖRDLICHEN KURS EINZUSCHLAGEN, DORTHIN, WO UNSERE SCHIFFE SIE SUCHEN.

ENRIQUE NUTZT DIE ALLMÄHLICHE NACHLÄSSIGKEIT SEINER BEWACHUNG AUS UND SCHLEICHT SICH IN DIE KAJÜTE SEINER GEFANGENGEHALTENEN LEHRER...

IHR SUCHT NACH EINEM PLAN, EXZELLENZ?... ICH WEISS EINEN! EINEN TEUFLISCHEN!

D. 28.B

HAHA!... DIESER ROTE KORSAR MACHT SICH ÜBER UNSERE WISSENSCHAFT LUSTIG. ABER ER WIRD BALD MERKEN, DASS EIN LEHRER ZU MEHR FÄHIG IST, ALS ER DENKT... HÖRT ZU!...

IN MEINEM GEPÄCK, DAS DIESE BANDITEN MITGENOMMEN HABEN, FINDET IHR ETWAS, DAS DEN SCHIFFSKOMPASS DURCHEINAN-DERBRINGT.

HERVORRAGEND!

ICH ERKLÄRE EUCH, WIE IHR LANGSAM UND UNAUFFÄLLIG DAMIT UMGEHEN MÜSST!... UND VORSICHTIG, SONST SIND WIR ALLE VERLOREN!

DIE PIRATEN WERDEN DAS GANZE NICHT VERSTEHEN UND IHREN FAL-SCHEN KURS AUF STRÖMUNGEN ZURÜCKFÜHREN. AUCH WENN SIE TÄGLICH IHREN KURS KORRIGIE-REN, STOSSEN SIE TROTZDEM IRGENDWANN IN DER KARIBIK AUF UNSERE SCHIFFE!

DAS IST NICHT SICHER, DENN DER ROTE KORSAR WILL SOGAR BIS ZUR KÜSTE FLORIDAS KREUZEN, UM UNSERER FLOTTE AUS DEM WEG ZU GEHEN.

HIMMEL! ABER ES MUSS ETWAS GEBEN, DAS SIE ZWINGT, DIES NICHT ZU TUN!

ICH WÜSSTE ETWAS...

D.29.A

TRINKWASSER!...WENN KEINS MEHR DA IST, SIND SIE GEZWUNGEN, EINE KÜSTE ANZU-STEUERN...

EINE GUTE IDEE! DAS ERLEDIGE ICH!

AM FOLGENDEN TAG SCHREITET ENRIQUE ZUR TAT...

DER STEUERMANN WIRD GLEICH ABGE-LÖST. DAS IST DER RICHTIGE AUGENBLICK, UM EINZUGREIFEN...

DER GROSSE MAGNET IST UNTER MEINEM ÄRMELAUFSCHLAG GUT VERSTECKT. WÄHREND ICH IHN ANWENDE, MUSS ICH DEN STEUERMANN NUR ABLENKEN.

ETWAS SPÄTER...

SIEH NUR, BABA. ENRIQUE WEICHT DEM STEUERMANN NICHT VON DER SEITE. ER SCHEINT SICH FÜR DIE NAVIGATION ZU INTERESSIEREN.

UND WIE HEISST DIESES SEGEL DORT ?

HAGEL UND GRANATEN! DU MACHST MICH VERRÜCKT! BEI DEINER FRAGEREI VER-GESSE ICH VÖLLIG, AUF DEN KOMPASS ZU ACHTEN. ICH BIN UM ZEHN GRAD VOM KURS ABGEWICHEN.

ACH?...

WIE KONNTE DAS NUR PASSIEREN? DER WIND IST DOCH NICHT UMGESCHLA-GEN?!

D.29.B.

PUH, DAS WAR KNAPP!... DA KOMMT GERADE DER 1. WACHOFFIZIER. KEIN WORT DARÜBER, SONST LEG' ICH DICH UM!

KEINE SORGE!

ALLES IN ORDNUNG?...GUT!... DER KOMPASS SCHEINT HEUTE SEHR ANFÄLLIG ZU SEIN. KOMISCH, DABEI KÜNDIGT SICH KEIN WINDCHEN AN! WIR MÜSSEN AUFPASSEN!

DER „SCHWARZE FALKE" SEGELT DEN GANZEN VORMITTAG MIT RÜCKENWIND. UNMERKLICH ÄNDERT ER SEINEN KURS...

MITTAGS..

KOMM HER, JUNGE! ZEIT FÜR DEINEN NAVIGATIONSUNTERRICHT.

BERECHNE DEN KURS GENAU, SONST KANNST DU WAS ERLEBEN!...UND? NENN MIR DIE KOORDINATEN.

EINEN AUGENBLICK SPÄTER...

KOMISCH!... BIST DU SICHER? ICH HABE DAS GEFÜHL, DIE DATEN SIND FALSCH. ICH ÜBERPRÜFE SIE AUF DER KARTE, UND WEHE, DU HAST DICH GEIRRT!

D.30A

TEUFEL! DU TROTTEL HAST DICH VERRECHNET. WIR SIND ZU WEIT WESTLICH! REICH MIR DEN OKTANT, DU NICHTSNUTZ!

ABER ICH BIN SICHER...

JETZT SOLLTE ICH MICH UM DEN KOMPASS IM NAVIGATIONSRAUM KÜMMERN!...

DONNERWETTER! DU HAST RECHT!... VERDAMMT, DAS HABE ICH NOCH NICHT ERLEBT... KEIN WIND... KEINE STRÖMUNG, NICHTS, WAS UNS VOM KURS ABBRINGEN KÖNNTE!... ODER?...

DU!... DU WARST BETRUNKEN UND HAST NICHT AUFGEPASST.

ICH...ICH SCHWÖR'S, KÄPT'N! ICH HABE DEN KOMPASS NICHT AUS DEN AUGEN GELASSEN!

DER KOMPASS SOLL SCHULD SEIN?... DAS WERDEN WIR SEHEN! ICH ÜBERPRÜFE DAS IM NAVIGATIONSRAUM, UND WEHE, WENN DU DICH GEIRRT HAST!

ALS DER ROTE KORSAR UNTER DECK GEHT...

TEUFEL!... DER KOMPASS IST HERUNTERGEFALLEN! ER IST KAPUTT!

D.30 B.

BESTIMMT HABEN SICH DIE HALTERUNGEN DURCH DEN WELLENGANG GELÖST!... KOMISCH!

HM!... ABER WARUM SOLLTEN WIR DEM STEUERKOMPASS NICHT TRAUEN? ES GIBT KEINEN GRUND, DASS ER NICHT FUNKTIONIERT.

TROTZ ALLEM! ICH VERGEWISSERE MICH MIT EINEM HILFSKOMPASS!

DER ROTE KORSAR SUCHT VERGEBLICH IN EINEM SCHRANK, DER WEITERE INSTRUMENTE ENTHÄLT...

VERFLIXT! WO IST NUR DER HILFSKOMPASS? ICH FINDE IHN NICHT!

DONNERWETTER NOCH MAL! DA STIMMT WAS NICHT! SÄMTLICHE KOMPASSE SIND VERSCHWUNDEN!

VIELLEICHT HABEN WIR SIE VERGESSEN?

DER TEUFEL SOLL DEN HOLEN, DER DAS VERSCHULDET HAT! WO SIND DIE VERDAMMTEN KOMPASSE GEBLIEBEN?

AUF DER ANDEREN SEITE DES SCHIFFES...

GLÜCKLICHERWEISE HABE ICH DIE RESTLICHEN KOMPASSE NOCH GEFUNDEN!... JETZT KÖNNEN SIE DEN KURS NUR SCHÄTZEN, HAHA HA!

031 A

INZWISCHEN... NEIN! DAS WÄRE EIN SELTSAMER ZUFALL! ICH GLAUBE EHER, AN BORD GIBT ES EINEN VERRÄTER!... JETZT HEISST ES AUFPASSEN!

ICH MUSS RAUSKRIEGEN, WER ES IST! DEINE LEHRER WERDEN IM KIELRAUM EINGESPERRT, UND DU WEICHST DIESEM ENRIQUE NICHT VON DER SEITE!

IN ORDNUNG!

ZWEI TAGE SPÄTER...

ICH FRAGE MICH, WARUM ENRIQUE STÄNDIG AM RUDER STEHT... HAT ER DEN STEUERMANN ETWA BESTOCHEN, DEN KURS ZU ÄNDERN?

NEIN, UNMÖGLICH! DIESE MÄNNER SIND MEINEM VATER TREU ERGEBEN! SIE HÄTTEN ENRIQUE SCHON BEIM GERINGSTEN VERSUCH UMGELEGT!

ZUM DONNERWETTER! DAS GRENZT JA AN ZAUBEREI!

HIMMEL UND HÖLLE! WIR SEGELN TROTZ DER STÄNDIGEN KURSKORREKTUR IMMER MEHR NACH WESTEN! DIREKT IN DIE KARIBIK, ANSTATT SIE NÖRDLICH ZU UMFAHREN!

KÄPT'N, ICH SCHWÖRE, DASS ICH DEN VORGESCHRIEBENEN KURS HALTE!

D 31-B

DIESER VERDAMMTE KOMPASS MUSS VERRÜCKT GEWORDEN SEIN! RUDER HART STEUERBORD! AB SOFORT WIRD DER KURS NACH DEM STAND DER SONNE UND DER UHRZEIT BESTIMMT!

UND NACHTS, WENN ES BEWÖLKT IST?

GLEICHZEITIG IN DER KOMBÜSE...

PUH! DAS WASSER STINKT! ES IST UNGENIESSBAR!

UNMÖGLICH! DAS FASS IST NOCH GANZ NEU...

...UND WURDE GERADE ERST GEÖFFNET! SIEH SELBST!

VIELLEICHT! ABER IRGENDETWAS LÄSST DAS WASSER FAULEN... OH!

BAMM BAMM KRACK

RATTEN!...ERTRUNKENE RATTEN!

WAS?...WIE SIND DIE DENN DA REINGEKOMMEN?

SPÄTER...

TEUFEL! DAS WASSER HÄTTE UNS ALLE VERGIFTEN KÖNNEN!...LOS, DREIBEIN, LEG DEN STÜMPER IN KETTEN!

ABER...

DIE VIECHER KÖNNEN NUR REINGEKOMMEN SEIN, WEIL DER DECKEL NICHT DICHT WAR. STECHT EIN NEUES FASS AN!

ICH SCHWÖRE, KÄPT'N, ICH BIN UNSCHULDIG!

HAHA! WENN DIE WÜSSTEN, DASS DAS DIE RATTEN AUS IHREN FALLEN SIND...

KOMMT MIT UND HELFT MIR, EIN ANDERES FASS ZU HOLEN!

JETZT ERLEBEN SIE NOCH EINE ÜBERRASCHUNG!

TATSÄCHLICH!...ETWAS SPÄTER...

KÄPT'N!...ENTSETZLICH!...EINE KATASTROPHE!

DIE FÄSSER!...DIE WASSERFÄSSER!

WAS IST JETZT SCHON WIEDER MIT DEN FÄSSERN?

SIE...SIE SIND LEER! DAS HOLZ WAR WAHRSCHEINLICH ZU FRISCH UND HAT NOCH GEARBEITET. DAS GANZE WASSER IST AUSGEFLOSSEN!

WIR HABEN KEINEN TROPFEN MEHR AN BORD!

WAS??

TEUFEL! WIR SIND ERLEDIGT!

DAS GEHT ZU WEIT! DAS IST SABOTAGE! AN BORD IST ZWEIFELLOS EIN VERRÄTER, UND ICH WILL WISSEN, WER DAS IST!

IM SELBEN AUGENBLICK...

ENRIQUE IST SCHON WIEDER BEIM STEUERMANN! DA STIMMT WAS NICHT!... ER IST DER EINZIGE GEFANGENE, DER SICH FREI BEWEGEN KANN!

HM!...ER HÄTTE DIE RATTEN INS TRINKWASSER WERFEN UND DIE FÄSSER LEEREN KÖNNEN!...ABER WIE HAT ER DAS MIT DEM KOMPASS ANGESTELLT?...OH!

ICH GLAUBE, ICH WEISS WIE!... NATÜRLICH! ABER ICH MUSS MICH VERGEWISSERN!...DER SCHLÜSSEL WIRD DER BEWEIS SEIN!

NA, ENRIQUE? NOCH IMMER INTERESSE AN DER NAVIGATION?...OH, WIE UNGESCHICKT VON MIR!

WENIGSTENS LERNE ICH HIER ETWAS!

ABER...WAS?

ACH, DAS IST JA KOMISCH, DASS DER SCHLÜSSEL AN DEINEM ÄRMEL KLEBEN BLEIBT! DU HAST JA MAGNETISCHE KRÄFTE!...BLEIB STEHEN!

EIN MAGNET! DIESER SCHURKE HAT DAMIT DIE KOMPASSNADEL ABGELENKT!

ICH... ICH..

GNADE!...NICHT SCHIESSEN!

WAS IST LOS, JUNGE?... OH, ER IST ALSO DER SCHULDIGE?

DU VERRÄTER! UND ICH HABE DICH FREI RUMLAUFEN LASSEN!... DAS BEZAHLST DU MIR MIT DEINEM LEBEN!

NEIN!... NICHT!

GNADE!...ICH WAR'S NICHT!...MEINE LEHRER HABEN...

AUSSERDEM NOCH FEIGE!...DU EKELST MICH...SCHAFFT DIESE SCHLANGE WEG!

RUF DIE MANNSCHAFT ZUM BORDGERICHT ZUSAMMEN, DREIFUSS! BEVOR WIR ENDGÜLTIG VERLOREN SIND, WERDEN WIR NOCH GERECHTIGKEIT WALTEN LASSEN!

ÄH...GLAUBST DU, ES HAT ZWECK, DIESES GESINDEL NOCH ZU BESTRAFEN?

JA! ER HAT DAS SCHLIMMSTE VERBRECHEN AUF SEE BEGANGEN, DAS ES GIBT!... ABER WIR MÜSSEN AUCH ÜBERLEGEN!

WIR KÖNNEN NÄMLICH KEINEN GROSSEN UMWEG MEHR MACHEN, UM ZU UNSERER INSEL ZURÜCK-ZUKEHREN. DAS GRÖSSTE PROBLEM IST DAS TRINKWASSER, UND SÄMTLICHE KÜSTEN WIMMELN NUR SO VON SPANISCHEN KRIEGSSCHIFFEN. DIESER VERDAMMTE ENRIQUE HAT GANZE ARBEIT GELEISTET, UNS BLEIBT KEINE ANDERE WAHL!

ZUR NOT KÖNNEN WIR WEIN MIT MEERWASSER PAN-SCHEN UND SO EIN PAAR TAGE DURCHHALTEN!... AHOI, STEUERMANN, KURS WEST!

SO SEGELN WIR DIREKT IN DIE ARME DER SPANIER!

WILLST DU LIEBER MIT VERKLEBTER ZUNGE AM GAUMEN VERDURSTEN?... MACH SCHON!

DIE MANNSCHAFT IST VERSAMMELT, KÄPT'N. DIE MÄN-NER WARTEN...

GUT! HOLT JETZT DEN VERDAMMTEN SPANIER! WIR MACHEN KURZEN PROZESS!

ABER, VATER...

D.34.A

KURZE ZEIT DARAUF...

FREUNDE, NICHT NUR, DASS DIESER MISTKERL UNSERE KOMPASSE ZERSTÖRT HAT! NEIN, ER HAT UNSER TRINKWASSER VERGIFTET UND AUSLAUFEN LASSEN! DAFÜR HAT DAS GESETZ DER FREIBEUTER NUR EINE STRAFE VORGESEHEN: DEN TOD! ALLE, DIE DAFÜR SIND, SOLLEN DIE HAND HEBEN!

ICH... ICH FLEHE EUCH AN! ICH WILL EINEN ANWALT!

TOD!... TOD!

AUF DIE PLANKE!

KEINE GNADE!

DEN TOD!

DU BIST EINSTIMMIG ZUM TOD VERURTEILT. DER STRICK IST NOCH ZU MILD! AUF DIE PLANKE MIT DIR!

GNADE!... MEIN VATER ZAHLT LÖSEGELD!

BALD...

LOS, DU FEIG-LING! WIR WOLLEN SEHEN, WIE LANGE DU DICH HALTEN KANNST!

NEIN!... NICHT! GNADE!!!

KANN DON ENRIQUE DER GRAUSAMEN HINRICHTUNG ENTGEHEN? NUR EIN WUNDER KANN IHN RETTEN! D.34.B

ENRIQUE STRÄUBT SICH HEFTIG, TROTZDEM WIRD ER AUF DIE PLANKE GESTELLT.

GNADE!...HILFE!...NEIN!

SO STERBEN VERRÄTER!

OH, NEIN! ER HAT UNS ZWAR VERRATEN, ABER DAS DARF NICHT GESCHEHEN!

HALT!

?!

NEIN, VATER! DAS WÄRE MORD, IHN SO STERBEN ZU LASSEN!

WAS? DU HAST MITLEID MIT IHM? EIN ECHTER PIRAT KENNT KEINE GNADE!

RICHTIG! ABER ICH BIN KEIN MÖRDER!

DONNERWETTER! DIESER LÜMMEL WILL UNS DIE LEVITEN LESEN! LOS, BABA, SPERR DIESEN GRÜNSCHNABEL UNTER DECK EIN! NOCH FÜHRE ICH DAS KOMMANDO!

WIE DU WILLST! ABER GEWÄHRE MIR FÜR ENRIQUE GNADE.

ER IST EIN VERRÄTER, DER UNS SOFORT HINRICHTEN LASSEN WÜRDE. HIER GILT DAS GESETZ DES MEERES! ...LOS, BABA!

D 35-A

EINEN MOMENT! WENN DU IHN SCHON NICHT BEGNADIGEN WILLST, LASS IHN WENIGSTENS LEBEN, BIS WIR AUS DER GEFAHR HERAUS SIND. MIT IHM ALS GEISEL HÄTTEN WIR NICHTS ZU BEFÜRCHTEN!

SPÄTER HABEN WIR IMMER NOCH GELEGENHEIT, IHN HINZURICHTEN!

RICK HAT RECHT, KÄPT'N! ALS WIR VON CARTAGENA LOSFUHREN, HATTEST DU IHN AUF EINEM PULVERFASS SITZEN LASSEN!

VIELLEICHT HABEN WIR SO NOCH EINE CHANCE, WASSER ZU HOLEN!

HM!

ICH WERDE ALT! FRÜHER HÄTTE ICH NICHT DEN GERINGSTEN WIDERSPRUCH GEDULDET! ...HM, ABER DEINE IDEE IST NICHT SCHLECHT!

GUT, HOLT DIESEN FEIGLING VON DER PLANKE! ABER ICH SCHWÖRE EUCH, SOBALD WIR IN SICHERHEIT SIND, WIRD ER AN DIE HÖCHSTE RAHE GEKNÜPFT!!

SPERRT IHN ZU SEINEN LEHRERN!

JETZT KÖNNEN WIR NUR HOFFEN, DASS WIR EINE GELEGENHEIT FINDEN, DEN SPANIERN ZU ENTKOMMEN!

D.35.B.

WIR BRAUCHEN SO SCHNELL WIE MÖGLICH WASSER. DIE NÄCHSTE KÜSTE IST BARBADOS. DIE GEGEND IST SEHR GEFÄHRLICH!

WIR HABEN KEINE WAHL! GUT, ZUR INSEL BARBADOS!

WÄHREND DER ZIMMERMANN DIE FÄSSER REPARIERT, SETZT DER "SCHWARZE FALKE" SEINEN KURS, SOWEIT ES NACH DEN STERNEN MÖGLICH IST, IN RICHTUNG ANTILLEN FORT...

VERDOPPELT DEN AUSGUCK! ES WIMMELT NUR SO VON SCHIFFEN MIT DEN VERSCHIEDENSTEN FLAGGEN IN DIESEM GEWÄSSER. UND ALLE HALTEN EINEN STRICK FÜR UNS BEREIT!

UNMÖGLICH, DIE POSITION GENAU ZU BESTIMMEN, KÄPT'N. ZUM GLÜCK GIBT ES HIER VIELE INSELN!

ZWEI TAGE SPÄTER...

EIN PAPAGEIEN-SCHWARM! ES MUSS LAND IN DER NÄHE SEIN!

BISHER IST ALLES GLATT GEGANGEN! KEIN SCHIFF WEIT UND BREIT!

ABENDS...

AHOI! LAND IN SICHT! LEICHT STEUERBORD!

EINIGE STUNDEN SPÄTER TAUCHT EINE URWALDINSEL VOR DER BRIGG AUF...

ALLES KLAR! DIE KÜSTE SCHEINT MENSCHENLEER. UND KEIN SEGEL IST ZU SEHEN!

D.36-A

DER ROTE KORSAR KANN NICHT AHNEN, DASS WACHSAME AUGEN AUS EINEM DER HÖCHSTEN BÄUME SEIN SCHIFF BEOBACHTEN...

WIR FAHREN GANZ BIS AN DIE KÜSTE! SEGEL REFFEN UND FERTIGMACHEN ZUM ANKERN! LADET DIE FÄSSER AUFS BEIBOOT UND LASST ES ZU WASSER! SCHNELL, WIR DÜRFEN NICHT LANGE HIERBLEIBEN.

WEISSEN SOLDATEN BESCHEID SAGEN!... ICH BEKOMME GUTE BELOHNUNG!... VIEL RUM!

DER EINGEBORENE RENNT DURCH DEN DSCHUNGEL AUF DEN MESA* ZU, DER DIE INSEL ÜBERRAGT...

* TAFELBERG

DIE ZUM WASSERHOLEN ABKOMMANDIERTEN MÄNNER LADEN DIE FÄSSER AUS UND SCHICKEN RICK AUF DIE SUCHE NACH EINER QUELLE...

DAHINTEN, WENIGER ALS EINE HALBE MEILE ENTFERNT, FLIESST EIN BACH.

DER TEUFEL HAT EIN EINSEHEN!... LOS, JUNGS, IN ZWEI STUNDEN SIND WIR WIEDER AN BORD!

D.36-B

ALARM!... ALARM!...
PIRATEN!

??!!

MADRE DE DIOS! WO...?

WÄHREND DIE PIRATEN NICHTSAHNEND IHREN WASSERVORRAT AUFFÜLLEN, ERREICHT DER EINGEBORENE DEN POSTEN AUF DEM GIPFEL DES BERGES...

ICH SEHEN SCHIFF!... PIRATEN! SIE LANDEN MIT FÄSSERN AM STRAND!... ICH KRIEGEN BELOHNUNG?

HIMMEL!

SCHNELL! MACH FEUER! WIR MÜSSEN ALARM SCHLAGEN!

EINES UNSERER SCHIFFE KREUZT DIESSEITS DER INSEL. IN WENIGER ALS ZWEI STUNDEN KÖNNTE ES HIER SEIN.

KURZ DARAUF STEIGT EINE RIESIGE FLAMMENSÄULE EMPOR...

UND JETZT ZÜNDE DAS FEUER AN, DAS DIE RICHTUNG ANZEIGT!

D.37.A

WEIT DRAUSSEN, AN BORD EINER SPANISCHEN FREGATTE...

OFFIZIERSDECK AHOI! ALARM! DAHINTEN BRENNT EIN SIGNAL!

DER RUF AUS DEM KRÄHENNEST LÖST AUF DEM SPANISCHEN SCHIFF EINE FIEBERHAFTE TÄTIGKEIT AUS...

KEIN ZWEIFEL! DASS IST DAS VEREINBARTE SIGNAL!

ES WEIST AUF DIE OSTKÜSTE DER INSEL!

ALLES KLAR ZUM GEFECHT! ALLE SEGEL SETZEN UND KURS AUF DIE INSEL! SO NAH AN DIE KÜSTE WIE MÖGLICH!

NOCH WÄHREND MAN SICH ZUM ANGRIFF VORBEREITET, NÄHERT SICH DIE FREGATTE DER KÜSTE, BEMÜHT, IHRE ANFAHRT SO LANGE WIE MÖGLICH ZU VERBERGEN...

EURE IDEE, AUF ALLEN INSELN WACHEN ZU POSTIEREN UND DEN EINGEBORENEN EINE BELOHNUNG ZU VERSPRECHEN, WAR GROSSARTIG, EXZELLENZ!

JA! HAHA!

INZWISCHEN...

ALLES FRIEDLICH HIER! WIR KÖNNTEN AUCH NOCH EINIGE FRÜCHTE PFLÜCKEN!

D.37.B

AN BORD DES „SCHWARZEN FALKEN" BEOBACHTET DER ROTE KORSAR UNRUHIG DEN KÜSTENSTREIFEN...

DONNERWETTER!... WAS LEUCHTET DENN DA OBEN?

DAS IST FEUER!... DAS KANN NUR EIN SIGNAL SEIN! MAN HAT UNS ENTDECKT! ABER WIR MÜSSEN AUF RICK UND SEINE LEUTE WARTEN.

EGAL! WIR MÜSSEN HIER WEG, KÄPT'N! WENN WIR BEIM BEILIEGEN* ERWISCHT WERDEN, SIND WIR VERLOREN!

WAS? OHNE RICK? NIEMALS!

* LANGSAME FAHRT GEGEN DIE STRÖMUNG, UM DIE POSITION ZU HALTEN.

ABER...

SEI STILL, DU WASSERRATTE! ICH GEBE DIE BEFEHLE!

SCHIESST DREI SALVEN VON STEUERBORD. HOFFENTLICH VERSTEHEN RICK UND DIE ANDEREN UNSERE WARNUNG!

KURZ DARAUF DONNERN DREI KANONENSCHLÄGE DURCH DIE NÄCHTLICHE STILLE...

D 38-A

AN DER KÜSTE...

VERDAMMT! HABT IHR GEHÖRT?

KANONENSALVEN! ES IST ETWAS PASSIERT!

EIN ALARMSIGNAL!... SCHNELL, ZURÜCK!

LASST DIE GROSSEN FÄSSER LIEGEN, SIE HALTEN UNS NUR AUF. NEHMT NUR DIE KLEINEN UND FOLGT MIR IM LAUFSCHRITT!

SCHNELLER!... HOFFENTLICH IST MEIN VATER NICHT IN GEFAHR!

KOMISCH! MAN HÖRT NICHTS MEHR!

INZWISCHEN...

ALLES KLAR ZUM AUSLAUFEN, KÄPT'N! SEGEL DICHTGEHOLT UND ANKER KURZSTAGGEHIEVT*!

SEHR GUT!... DA KOMMEN SCHON UNSERE LEUTE! NOCH IST NICHTS VERLOREN!

* VORBEREITUNG ZUM LICHTEN DES ANKERS

RICK UND SEINE MÄNNER RUDERN MIT ALLER KRAFT DER BRIGG ENTGEGEN. DOCH ZU SPÄT... SCHON TAUCHT DAS HOHE MASTWERK EINES SCHIFFES HINTER DER INSELSPITZE AUF...

DA, SEHT! DER „SCHWARZE FALKE", DIE BRIGG VOM ROTEN KORSAR!

TEUFEL! WIR SIND VERLOREN!

D. 38 B.

VORSICHT, SEÑOR CAPITAN! NICHT ZU NAH AN DIE KÜSTE, HIER GIBT ES VIELE RIFFE UND UNTIEFEN! WIR MÜSSEN ZURÜCKBLEIBEN!

KANONIERE! AN DIE GESCHÜTZE!

EGAL! WIR MÜSSEN SIE EIN- HOLEN UND IHNEN DEN WEG AUF DAS OFFENE MEER ABSCHNEIDEN. DER ROTE KORSAR IST VERLOREN, DA ER AUF SEIN BEIBOOT WAR- TEN MUSS!

GLEICHZEITIG AUF DEM „SCHWARZEN FALKEN"...

ANKER LICHTEN! ALLE SEGEL TRIMMEN! KURS AUF DAS BEIBOOT! WIR FISCHEN SIE AUF!

WAS?

DAS IST DOCH WAHNSINN, KÄPT'N! JETZT ZÄHLT JEDE SEKUNDE, UM AUF OFFENER SEE ZU SEIN, BEVOR DIE SPANIER DIE AUSFAHRT SPERREN!

GENUG!

ICH HABE MEINE FREUNDE NOCH NIE IM STICH GELASSEN! AUF EURE POSTEN! ICH ER- SCHIESSE JEDEN, DER MEUTERT!

RICK AHNT DIE ABSICHT SEINES STIEFVATERS...

„SCHWARZER FALKE" AHOI! LEGT AB UND RET- TET DAS SCHIFF! FAHRT OHNE UNS!

D. 39. A

STATT AUF DIE HOHE SEE HÄLT DIE BRIGG AUF DAS BEIBOOT ZU...

BEIBOOT AHOI! HAKT EUCH FEST!

VERRÜCKT! DIESES MANÖ- VER KANN VERHÄNGNISVOL- LE FOLGEN HABEN!

AUFGEPASST, BABA! DER ERSTE VERSUCH MUSS GELINGEN!

KEINE ANGST, JUNGE!

SEHR GUT, BABA! GE- SCHAFFT!

SCHNELL EIN TAU! BABA KANN NICHT LÄNGER HALTEN!

FANG!

LOS, JUNGS! MACHT DAS BOOT FEST UND KOMMT AN BORD. DEN REST HOLEN WIR SPÄTER!...

D. 39 B

ALLES KLAR ZUM GEFECHT! KURS AUF DAS MEER!

WARUM BIST DU NICHT OHNE UNS GEFAHREN? DAS WAR DIE EINZIGE CHANCE ZU ENTKOMMEN!

ZU SPÄT!... DIE SPANISCHE FREGATTE HAT INZWISCHEN DIE AUSFAHRT DER BUCHT ERREICHT UND KREUZT DIE FAHRRINNE WIE EIN AUF BEUTE LAUERNDES RAUBTIER...

HAHA HA! SEIN ZÖGERN KOSTET DEN ROTEN KORSAR SEINEN KOPF! WIR HABEN IHN!

INZWISCHEN AUF DEM „SCHWARZEN FALKEN"...

WIR MÜSSEN UNS EINEN WEG FREI-SCHIESSEN!

ZWECKLOS! DIESE FRE-GATTE HAT MINDESTENS HUNDERT GESCHÜTZE UND 500 MANN BESAT-ZUNG.

NOCH IST NICHTS VERLO-REN! WIR HABEN NOCH DIE GEISELN! ES WAR EINE GUTE IDEE, SIE NICHT ZU TÖTEN!

DONNERWETTER, JA! DIESE SCHLAN-GE ENRIQUE SOLL JETZT BÜSSEN!

SIGNALISIERT DEN VERDAMMTEN SPANIERN, DASS WIR EINE WERTVOLLE GEISEL HABEN, DEREN SCHICKSAL VON UNSEREM LEBEN ABHÄNGT. SIE SOLLEN DIE FAHRRINNE FREIGEBEN.

MAN SCHIESST EINE SALVE AB, UM DIE SPANIER AUF DIE BOTSCHAFT AUF-MERKSAM ZU MACHEN...

AUF DER FREGATTE...

AH!...SIGNALE! WOLLEN SIE ETWA NOCH MIT UNS VERHANDELN?

SIE BEHAUPTEN, GEISELN AN BORD ZU HABEN!

ICH WEISS, DASS DER SOHN IHRER MAJESTÄT DES VIZEKÖNIGS IN IHRE HÄNDE GEFALLEN IST. ... ABER DAS HIER IST DIE EINMALIGE GELEGENHEIT, DAS KARIBISCHE MEER VON DIESEM PIRATENGESINDEL ZU BEFREIEN.

DIESER TOLLWÜTIGE HUND SITZT IN MEI-NER FALLE UND HAT KEINE MÖGLICHKEIT ZU ENTKOMMEN! DIESE CHANCE WILL ICH MIR NICHT ENTGEHEN LASSEN!

ABER...?

ICH WÜRDE JA ZÖGERN, WENN DON ENRIQUE TATSÄCHLICH NOCH LEBTE, ABER DER ROTE KORSAR HAT BISHER NOCH NIE EINEN GEFANGENEN AM LEBEN GELASSEN. ALSO: KEINE VERHANDLUNG!

DIESER BANDIT WEISS GENAU, DASS ER VERLOREN IST. SOLLTE DON ENRIQUE WIRK-LICH LEBEN, HILFT DEM ROTEN KORSAR DIESER MORD AUCH NICHTS MEHR, UND IHM DROHT DIE SCHRECKLICHSTE FOLTER! SIGNALISIEREN SIE IHM DAS!

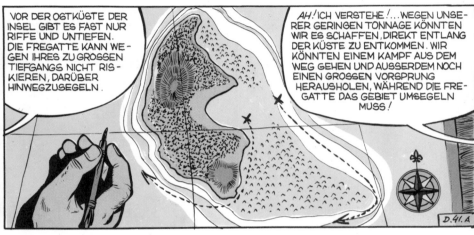

D.41.A

D.41.B

TATSÄCHLICH HÄLT DER „SCHWAR- ZE FALKE" AUF DIE FAHRRINNE ZU, ÜBERQUERT SIE ABER UND FÄHRT DIREKT AUF DIE RIFFE ZU, DIE DER INSEL BIS VOR IHRER SÜDLICHEN SPITZE VORGELA- GERT SIND. DER ROTE KORSAR SELBST HÄLT DAS STEUERRAD...

HAHA! BEVOR DIE SPA- NIER BEGREIFEN, SIND WIR ENTWEDER TOT ODER AUF UND DAVON!

AN BORD DER SPANISCHEN FREGATTE...

ABER... ER FÄHRT AUF DIE RIFFE ZU! OB ER SIE NICHT KENNT?

DOCH! ER VERSENKT SICH SELBST!

DER „SCHWARZE FALKE" MANÖVRIERT ZWISCHEN DEN SCHAUM- UMKRÄNZTEN RIFFEN, WÄHREND ZWEI MÄNNER AUF DEM ANKERBALKEN UND RICK AUF DEM BUGSPRIET SITZEN UND DAS WASSER BEOBACHTEN...

FÜNF FUSS NACH BACKBORD!...VIER...

ACHTUNG! ZWANZIG FUSS RIFF VORAUS!

BACKBORD NOCH ZEHN FUSS RAUM!... ACHT...SIEBEN...!

ZWEI GRAD NACH BACKBORD! JETZT GERADE- AUS.... ACHTUNG! EINE SAND- BANK!

GESCHICKT UND SCHNELL REAGIERT DER ROTE KORSAR AUF RICKS ANWEISUNGEN...

GUT, JUNGE! DER TEUFEL IST MIT UNS!

AUF DER FREGATTE HAT MAN DIE ABSICHT INZWISCHEN VERSTANDEN...

SANGRE Y FUEGO! DIESES GESINDEL ENTKOMMT UNS! DER ROTE KORSAR IST EINE TEUFELSBRUT!

ER WEISS, DASS WIR IHM NICHT FOLGEN KÖNNEN!

KURS SÜD-SÜD-OST! WIR MÜSSEN DIE RIFFE UMFAH- REN, UM SIE ZU FASSEN!

EIN GROSSER UMWEG! GLÜCK- LICHERWEISE HABEN SIE KEI- NE CHANCE.

DER „SCHWARZE FALKE" KÄMPFT SICH SEINEN WEG DURCH AUF- PEITSCHENDES WASSER, STÄNDIG IN GEFAHR, EIN RIFF ZU RAMMEN. DIE LEICHTESTE BERÜHRUNG DER GEFÄHRLICHEN FELSSPIT- ZEN KÖNNEN DAS ENDE SEIN.

NUR MÜHSAM FINDET DER ROTE KORSAR SEINEN WEG. TROTZ SEINER GESCHICKLICHKEIT KANN ER ES NICHT VERMEIDEN, AUF GRUND ZU STOSSEN.

ACHTUNG! FELSENRIFF BACKBORD VORAUS!...RUDER HART STEUERBORD!

RAUM FÜR ZEHN FUSS STEUERBORD...NEUN!

DIE VERÄRGERTEN SPANIER NEHMEN ÜBER DIE OFFENE SEE DIE VERFOLGUNG AUF...

DER WIND STEHT GÜNSTIG FÜR DIE PIRATEN. MIT VIEL GLÜCK KÖNNTEN SIE ES SCHAFFEN!

DER VORSPRUNG DER FREIBEUTER WIRD IMMER GRÖSSER...

HAHA HA! ZU GERN WÜRDE ICH DIE GESICHTER DER SPANIER SEHEN!

KÄPT'N! KÄPT'N!

WIR HABEN EIN LECK IM VORDEREN LADERAUM AUF STEUERBORD.

TOD UND TEUFEL!

DREIBEIN! NIMM EIN PAAR MÄNNER UND VERSUCH, DAS LOCH ZU STOPFEN. DER REST AN DIE PUMPEN!

D.43.A

DREIBEIN VERSUCHT MIT EINIGEN ZIMMERLEUTEN VERZWEIFELT, DIE UNDICHTE STELLE AUSZUBESSERN. DIE ÜBRIGE MANNSCHAFT ARBEITET FIEBERHAFT...

SEID IHR FERTIG?...SCHNELL, JETZT DIE NÄGEL!

... AN DEN PUMPEN UND BILDET EINE MENSCHENKETTE, UM DAS EINGEDRUNGENE WASSER AUSZUSCHÖPFEN...

RICK WIRD ABGELÖST UND ERSTATTET SEINEM STIEFVATER BERICHT...

DAS BOOT WIRD SCHWERER UND BEKOMMT AUF STEUERBORD SCHLAGSEITE*!

* NEIGUNG

WEIT KOMMEN WIR SO NICHT MEHR!

WIR MÜSSEN DAS LECK RECHTZEITIG DICHTKRIEGEN, BEVOR DIE VERDRÄNGUNG ZU GROSS WIRD!

* TIEFGANG

DURCHHALTEN! DA VORN IST SCHON DAS OFFENE MEER!

ABER...HÖRST DU DAS KNIRSCHEN? DER KIEL STREIFT EINE SANDBANK.

D.43.B

DAS SCHIFF RUCKT GEFÄHRLICH UND KIPPT IMMER BEDROHLI- CHER NACH STEUERBORD. ENDLICH GELINGT ES DEN ZIMMERLEUTEN, DEN KAMPF GEGEN DAS HEREINBRECHEN- DE WASSER ZU GEWINNEN...

HALT FEST, BABA!...GE- SCHAFFT!

VERSCHMIERT DIE RITZEN MIT HANF UND PECH!

DAS LECK IST ABGEDICHTET, KÄPT'N! ALLE WASSEREINBRÜCHE SIND UNTER KONTROLLE!

ENDLICH! PUH, BEINA- HE HÄTTEN WIR NUR NOCH AUF DIE KÜSTE ZUHALTEN KÖNNEN!

MINUTENLANG KÄMPFT DIE BRIGG NOCH VER- ZWEIFELT GEGEN DIE TÖDLICHEN FELSEN, BIS SIE PLÖTZLICH AUSREICHENDE TIEFE ERREICHT. DER „SCHWARZE FALKE" UMSEGELT DIE SÜDSPITZE DER INSEL...

KÄPT'N, AHOI! WIR SIND GERETTET! OFFENES MEER VORAUS!

HAHA! WIR HABEN DIE SPANIER ABGEHÄNGT. SO LEICHT ERREICHEN SIE UNS NICHT MEHR!

ABER WIR SIND EINE ZU WERTVOL- LE BEUTE, ALS DASS SIE DIE VERFOLGUNG AUFGEBEN WÜR- DEN!

D.44.A

SIE SIND SCHNELLER UND STÄRKER ALS WIR! ES KANN TAGELANG DAUERN, BIS WIR SIE LOSWERDEN!

WAS SOLLEN WIR TUN?

WIR KÖNNEN SIE AM ARCHIPEL BEI GRENADA ABSCHÜTTELN. BLOSS OB WIR ES BIS DAHIN SCHAFFEN, KANN ICH NICHT SAGEN.

DIE ZWEIFEL DES ROTEN KORSAREN SIND BERECHTIGT... DIE FREGATTE KOMMT DER BRIGG TÄGLICH NÄHER...

SIE HOLEN AUF!...

LEIDER!...UND WIR HABEN KAUM NOCH KANONEN!

ES WIRD DUNKEL!... VIELLEICHT KÖNNEN WIR SIE WIEDER TÄU- SCHEN UND DEN KURS ÄNDERN...

NACHTS...

ZWECKLOS BEI DIESEM MOND- SCHEIN! MORGEN HABEN WIR DAS ARCHIPEL ERREICHT, ABER DAS IST ZU SPÄT FÜR UNS!...HM, DIE SACHE IST HOFFNUNGSLOS!

UNSER VORSPRUNG WIRD IMMER KLEINER! DIE SPANIER SIND NUR NOCH ZWEI SCHUSSWEITEN VON UNS ENTFERNT.

D.4.4.8

HAHA! DIE PIRATEN HABEN IHR ENDE NUR HINAUSGEZÖGERT! SIE WOLLEN ZUM GRENADA-ARCHIPEL, ABER DAS SCHAFFEN SIE NICHT!

SOGAR DER HIMMEL IST UNS GNÄDIG UND LÄSST DEN MOND SCHEINEN! ENDLICH HABEN WIR SIE!

ZU DUMM! NUR NOCH EIN PAAR SEEMEILEN! ...WIR MÜSSEN NUR WIEDER EINEN KLEINEN VORSPRUNG BEKOMMEN!

HM!... DA DER „SCHWARZE FALKE" NICHT SCHNELLER KANN, MUSS DIE FREGATTE AUFGEHALTEN WERDEN!...ABER WIE?... OH, ICH WEISS!

ICH HAB' EINE IDEE, VATER! WIR ZWINGEN DIE FREGATTE BEIZUDREHEN*!... LASS DIE GEISELN HOLEN!

WAS?...ABER DIE SPANIER VERHANDELN NICHT!

* ANHALTEN

JA!... ABER SIE SIND GEZWUNGEN, SCHIFFBRÜCHIGE ZU RETTEN!...ERST RECHT, WENN DER SOHN DES SPANISCHEN VIZE-KÖNIGS UNTER IHNEN IST!

HEHE!

WIR STECKEN DIE GEISELN IN EIN BEIBOOT, DAS WIR SO LECKGESCHLAGEN HABEN, DASS ES SINKT! WENN DIE FREGATTE VORBEIKOMMT...

HAHA! JETZT VERSTEHE ICH DEINEN PLAN!

D.45A

DIE SPANIER LASSEN DEN SOHN DES SPANISCHEN VIZEKÖNIGS BESTIMMT NICHT ERTRINKEN, NUR UM UNS ZU VERFOLGEN.

DONNERWETTER! DAS IST EINE GUTE IDEE!

EINIGE MINUTEN SPÄTER...

SEID FROH, EXZELLENZ, GESUND ZU EUREN LANDS-LEUTEN ZURÜCKKEHREN ZU DÜRFEN!...SETZT DIESE HAMPELMÄNNER INS BOOT UND GEBT IHNEN EIN MESSER, DAMIT SIE SICH IHRE FESSELN DURCHSCHNEIDEN KÖNNEN!

IHR... IHR LASST UNS FREI?...MICH AUCH?

???

NIMM DAS RUDER AUS DEM BOOT, BABA, UND SCHLAG MIT DER AXT EIN LOCH!

BLITZSCHNELL WIRD DAS VORHABEN AUSGEFÜHRT!

ABER... ER ZERSTÖRT DAS BOOT!

IHR LASST UNS ERTRINKEN!

HILFE!...DAS IST MORD!

NICHT DOCH! BEFREIT EUCH UND MACHT MIT DEM LICHT UND DER FLAGGE, DIE WIR EUCH LASSEN, DIE FREGATTE AUF EUCH AUFMERKSAM!

KURZ DARAUF...

VIEL GLÜCK!...UND BEDANKT EUCH NICHT!

D.45B

* SEGEL HERUNTERHOLEN UND ZUSAMMENROLLEN

BEIZUDREHEN, NACHTS SCHIFFBRÜCHIGE ZU SUCHEN UND AUFZUNEHMEN, ERNEUT DIE SEGEL ZU SETZEN UND DEN KURS WIEDER AUFZUNEHMEN – ALL DIESE MANÖVER KOSTEN DIE SPANIER WERTVOLLE ZEIT, SO DASS DER „SCHWARZE FALKE" WIEDER AN VORSPRUNG GEWINNT.

HAHA! JETZT KÖNNEN SIE ES VERGESSEN, UNS NOCH VOR GRENADA ZU ERWISCHEN.

KURZ NACH SONNENAUFGANG IST DIE FREGATTE NUR NOCH ALS PUNKT AM HORIZONT ZU SEHEN...

AHOI! LAND IN SICHT!... EINE INSELGRUPPE!

EINIGE STUNDEN SPÄTER...

GESCHAFFT! WIR SIND GERETTET! UND DAS VERDANKEN WIR DIR, MEIN JUNGE!

SCHON IST DER „SCHWARZE FALKE" AUSSER SICHTWEITE DER FREGATTE UND IN DEM LABYRINTH DER INSELGRUPPE, DIE DER ROTE KORSAR IN- UND AUSWENDIG KENNT, VERSCHWUNDEN.

HEUTE NACHT, NACHDEM WIR DAS TRINKWASSER AUFGEFÜLLT HABEN, SEGELN WIR, WIE WIR ES GEPLANT HATTEN, ÜBER UMWEGE NACH HAUSE. ...NUR SCHADE, DASS ICH MIT DON ENRIQUE NICHT MEHR ABRECHNEN KANN!

D.47.A

ZEHN TAGE SPÄTER ERREICHT DIE BRIGG DIE KLEINE BUCHT MIT DER MEERENGE, DIE ZU DEM SCHLUPFWINKEL DER PIRATEN FÜHRT.

AUCH MIT LEEREN HÄNDEN IST ES SCHÖN, WIEDER ZU HAUSE ZU SEIN!

HOFFENTLICH BIST DU DAVON GEHEILT, AUS MIR EINEN GELEHRTEN MACHEN ZU WOLLEN!

IM GEGENTEIL! DU BIST ZWAR SCHON EIN AKZEPTABLER SEEFAHRER, ABER DAS REICHT NICHT! DU SOLLST BESSER ALS DIE BESTEN KAPITÄNE DER WELT WERDEN, UM EINES TAGES DIE SIEBEN MEERE ZU BEHERRSCHEN!

DU SOLLST MICH AN DER GESELLSCHAFT RÄCHEN, DIE MICH DAMALS AUSGESTOSSEN UND FORTGEJAGT HAT UND DIE MIR DEN RANG, DEN ICH VERDIENT HÄTTE, VERWEIGERT! DESHALB BIN ICH DAMALS PIRAT GEWORDEN!

ABER...

DU HAST DAS ZEUG DAZU, DAS WISSEN ZU ERLANGEN, DAS MIR WEGEN MEINER HERKUNFT VERSAGT WORDEN IST. DAMIT SOLLST DU DIESE VERDORBENE GESELLSCHAFT BEKÄMPFEN!

HA! HA! H...

DAS BESTE DABEI IST, DASS DU GERADE VON DIESER GESELLSCHAFT ABSTAMMST!... DAS IST MEINE WIRKLICHE RACHE!

D.47.B

IM MOMENT DENKT DER ROTE KORSAR KAUM AN SEINEN SOHN... ER HAT ANDERE SORGEN...

DIE MÄNNER SIND UNZUFRIEDEN, KÄPT'N! DIE LETZTEN KAPERFAHRTEN WAREN ZU RISKANT, UND DU KÜMMERST DICH MEHR UM DEINEN SOHN ALS UM NEUE BEUTE. SIE SAGEN, DER GEFÜRCHTETE KORSAR SEI EIN LAMM GEWORDEN!

SAUBANDE! DENEN WERD' ICH'S ZEIGEN! SIE WOLLEN, DASS ICH MICH MEHR UM SIE KÜMMERE? DAS KÖNNEN SIE HABEN!

LASS DEN "SCHWARZEN FALKEN" KLARMACHEN. IN ZWEI WOCHEN LAUFEN WIR AUS! ...UND RICK KOMMT MIT! ... DIE MÄNNER HABEN VIELLEICHT RECHT, ER SOLL SEINEN MUT BEWEISEN!

ER MUSS LERNEN, DASS EIN PIRAT KEIN MITLEID KENNT UND DASS EDELMÜTIGKEIT FEHL AM PLATZE IST! ICH MACHE AUS IHM EINEN RICHTIGEN FREIBEUTER!

ETWAS SPÄTER...

WIE DU WEISST, HATTE ICH VOR, DICH UNTER FALSCHEM NAMEN ZUR MARINEOFFIZIERSAUSBILDUNG NACH ENGLAND ZU SCHICKEN. VORHER MÖCHTE ICH ABER NOCH MIT DIR VERREISEN.

???

DU GEHST SPÄTER NACH LONDON. PACK DEINE SACHEN UND BRING SIE AUF DEN "SCHWARZEN FALKEN". DU SOLLST DAS GELD FÜR DEIN STUDIUM ERST MIT DEM SÄBEL VERDIENEN!

PRIMA! VIELEN DANK, VATER!

D. 48 A

VIERZEHN TAGE SPÄTER LÄUFT DER "SCHWARZE FALKE" AUS, KALFATERT UND MIT PROVIANT UND MUNITION FÜR HUNDERT PIRATEN AUSGERÜSTET...

EINE REIHE BLUTIGER ÜBERFÄLLE AUF GALEONEN UND KLEINERE KÜSTENSTÄDTE FOLGEN. BLITZSCHNELL GREIFT DER ROTE KORSAR AN UND VERSCHWINDET WIEDER, VERWÜSTUNG UND TOTE HINTER SICH LASSEND. ANGST UND SCHRECKEN SÄUMEN SEINE ROUTE DURCH DIE KARIBISCHE SEE...

RICK, DER DIE GANZE ZEIT MUTIG GEKÄMPFT HAT, WIRD IMMER NACHDENKLICHER...

IST DAS DAS STOLZE UND ERHABENE LEBEN, VON DEM ICH TRÄUMTE?

BLUT UND TRÄNEN! ...NUR HASS UND KEIN MITLEID! ...TÖTEN ODER GETÖTET WERDEN! ...UND DAS ALLES NUR, UM NOCH MEHR GOLD ZU RAFFEN! SCHMUTZIGES GOLD!

ICH HABE GENUG! ICH MACHE SCHLUSS DAMIT! ...LANGSAM FANGE ICH AN, MEINEN VATER ZU VERABSCHEUEN!

HM! SIEHT SO AUS, ALS OB RICK UNSER AUSFLUG MISSFÄLLT!

D. 48-B

ICH GLAUBE AUCH, DREIFUSS! DIESER BENGEL KÄMPFT WIE EIN LÖWE, ABER ER HAT MITLEID!... DAS IST GEFÄHRLICH!... VIELLEICHT VERLANGE ICH ZUVIEL. ER SCHAUT MICH MANCHMAL AN, ALS OB ER MICH VERACHTEN WÜRDE!

ACH WAS!... DAS GEHT VORÜBER! ER WIRD SICH DEINER WÜRDIG ERWEISEN! VIELLEICHT BRAUCHT ER NUR ABWECHSLUNG!

VIELLEICHT! WIR WERDEN SEHEN!... FRÜHER WOLLTE ER NUR NAVIGIEREN UND KÄMPFEN!... HE, RICK!

??

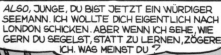

ALSO, JUNGE, DU BIST JETZT EIN WÜRDIGER SEEMANN. ICH WOLLTE DICH EIGENTLICH NACH LONDON SCHICKEN. ABER WENN ICH SEHE, WIE GERN DU SEGELST, STATT ZU LERNEN, ZÖGERE ICH. WAS MEINST DU?

ICH... ÄH...

DU TRAUST DICH NICHT?... WAS IST LOS? SAG SCHON, VERDAMMT NOCH MAL!

ALSO... ÄH... WENN ICH DIE WAHL HABE, MÖCHTE ICH LIEBER NACH LONDON GEHEN

WIE DU WILLST, JUNGE!... DREIFUSS, WIR BRAUCHEN FALSCHE PAPIERE FÜR IHN. ER SOLL BABA ALS LEIBWÄCHTER MITNEHMEN!

OH!... DANKE, VATER!

D.99 A

HAHA HA! MIR BRAUCHST DU NICHT ZU DANKEN! WENN DU ERST DIE VERLOGENHEIT DER LONDONER GESELLSCHAFT ERKENNST, WIRST DU ALS ECHTER, HASSERFÜLLTER PIRAT ZURÜCKKOMMEN! HAHA HA!

AM ABEND...

UND?

ICH GEBE DIR EINE NEUE IDENTITÄT! DU BIST EIN REICHER PORTUGIESE AUS NIEDEREM ADEL, DESSEN FAMILIE SEIT ÜBER 200 JAHREN IN BRASILIEN LEBT. DANK DIESER SIEGEL AUS UNSEREN BEUTEZÜGEN ERHÄLTST DU GLÄNZENDE EMPFEHLUNGSSCHREIBEN, DIE DIR IN DER ALTEN WELT TÜR UND TOR ÖFFNEN WERDEN!

HIER IST GENUG GELD, UM DIE BESTEN LEHRER EUROPAS ZU BEZAHLEN!

SPÄTER...

ALSO!... DU BIST JETZT JOAO DE SAO MARTIN Y MARQUES.

IN DREI TAGEN TREFFEN WIR EINEN FISCHER AUS HISPANIOLA! ER BRINGT DICH IN DEN NÄCHSTEN HAFEN!...

DREI TAGE SPÄTER...

ALLES KLAR, KÄPT'N! DER KLEINE KANN AN BORD!

MACH'S GUT, MEIN JUNGE! ICH HOFFE, AUS DIR WIRD EIN GUTER KAPITÄN!... UND SEI VERSCHWIEGEN! VIEL GLÜCK!

AUF WIEDERSEHEN, VATER! SEI VORSICHTIG!

D.99 B

SCHNELL WIRD DAS GEPÄCK AUF DEM FISCHERBOOT VERSTAUT. EIN PAAR MINUTEN SPÄTER...

AHOI!

SCHON BALD IST DER „SCHWARZE FALKE" AUSSER SICHTWEITE. FÜR RICK BEGINNT EINE MONOTONE SEEREISE. DREI TAGE SPÄTER...

DA IST JAMAIKA! IN KINGSTON LIEGT EIN SCHIFF NACH ENGLAND!

WENIGE STUNDEN SPÄTER IN KINGSTON...

HIER, BABA!...IN EINER WOCHE FÄHRT EIN HANDELSSCHIFF NACH LONDON!

ZWEI PASSAGIERE NACH LONDON! SEHR GUT!... ABER ICH WARNE SIE VOR DEN ÜBERFÄLLEN DES ROTEN KORSAREN. SIE FAHREN AUF EIGENE GEFAHR!

IST ER SO SCHRECKLICH?

DAS REINSTE MONSTER!...SEINE PIRATEN HABEN MEINEN HERRN GETÖTET!

ER HAT MEIN GANZES VERMÖGEN, EIN HANDELSSCHIFF, BERAUBT UND VERSENKT.

D.50.A

WAS IST LOS, RICK? DU SIEHST SO NACHDENKLICH AUS.

FÜR DIESE LEUTE IST MEIN VATER EIN GRAUSAMER MÖRDER. ICH FÜRCHTE, SIE HABEN RECHT.

NUR WEIL IHM FRÜHER UNGERECHTIGKEIT WIDERFAHREN IST, RÄCHT ER SICH JETZT AN ALLEN, EGAL OB SCHULDIG ODER UNSCHULDIG! ABER DIE MEISTEN, DIE ER BERAUBT HAT, HABEN IHM NICHTS GETAN!

ICH BIN FROH, NACH LONDON GEHEN ZU KÖNNEN! JETZT KANN ICH DIESES ABENTEUERLEBEN HINTER MIR LASSEN. ICH MOCHTE ES NICHT!...ICH WILL DIR ETWAS VERRATEN, BABA...

...ICH...ICH BIN ENTSCHLOSSEN, MEINEN VATER NIE WIEDERZUSEHEN. ICH KANN DIESE GEWISSENLOSE SEERÄUBEREI NICHT MITMACHEN. ICH ENTLASSE DICH!

DU BRAUCHST NICHT MITZUKOMMEN UND KANNST ZU MEINEM VATER ZURÜCKGEHEN, WENN DU WILLST!

NEIN, RICK! ICH BLEIBE BEI DIR!

GUT, BABA! DU BIST EIN FREUND! VIELLEICHT WIRD UNSER LEBEN GAR NICHT SO ANGENEHM. ICH WILL VERSUCHEN, MARINEOFFIZIER ZU WERDEN UND ANSCHLIESSEND AUF EINEM HANDELSSCHIFF ANZUHEUERN.

D.50B

EINE WOCHE SPÄTER STECHEN RICK UND BABA MIT KURS AUF LONDON IN SEE. MATROSEN UND PASSAGIERE BEOBACHTEN STÄNDIG ANGSTERFÜLLT DAS MEER ...

ALLE DIESE ARMEN LEUTE FÜRCHTEN SICH DAVOR, DASS PLÖTZLICH DER „SCHWARZE FALKE" AUFTAUCHEN KÖNNTE. ICH WÜRDE SIE JA GERN BERUHIGEN UND IHNEN SAGEN, DASS MEIN VATER DIESES SCHIFF VERSCHONT, WEIL ICH MIT AN BORD BIN.

DER ROTE KORSAR SOLL DIE „SAO PAOLO" ÜBERFALLEN UND IHRE GANZE MANNSCHAFT UMGEBRACHT HABEN!...

GOTT BEWAHRE UNS VOR IHM!

ENDLICH SIND DIE LETZTEN KARIBIK-INSELN AM HORIZONT VERSCHWUNDEN. DIE PASSAGIERE SIND VON IHREM ALPTRAUM BEFREIT. JETZT FOLGEN MONOTONE WOCHEN ZWISCHEN HIMMEL UND WASSER ...

ENDLICH TAUCHT AN EINEM GRAUEN, REGNERISCHEN TAG EINE SCHROFFE KÜSTE AUF ... ENGLAND! DAS SCHIFF SEGELT DIE THEMSE HINAUF UND GEHT IM LONDONER HAFEN VOR ANKER.

BRRR ... IST DAS KALT! ABER ICH VERMISSE DEN BLAUEN HIMMEL DER KARIBIK NICHT. DIESE STADT IST RIESIG, NICHT WAHR, BABA?

ENTSCHULDIGEN SIE, MYLORD, SIND SIE DER VICOMTE VON SAO MARTIN ?...

D.51.A

?!?... SIE ... SIE KENNEN MICH?

DER LEITER DER KÖNIGLICHEN SEEAKADEMIE HAT VOM BRASILIANISCHEN VIZEKÖNIG EIN EMPFEHLUNGSSCHREIBEN ERHALTEN, IN DEM IHRE ABSICHT, SEINER AKADEMIE BEIZUTRETEN, MITGETEILT WIRD. IHRE ANKUNFT WURDE UNS SOMIT ANGEKÜNDIGT.

TYPISCH VATER!

NICHT JEDER KANN DER KÖNIGLICHEN SEEAKADEMIE BEITRETEN, ABER BEZÜGLICH DES RESPEKTS, DEN WIR IHREM SCHUTZHERRN ZOLLEN, WERDEN SIE OHNE PRÜFUNG AUFGENOMMEN. ICH SOLL SIE ABHOLEN.

EINE HALBE STUNDE SPÄTER ...

HIER IST DIE AKADEMIE! DER GROSSADMIRAL ERWARTET SIE.

HOFFENTLICH KLAPPT ALLES!

WILLKOMMEN IN UNSERER SCHULE, JUNGER MANN. CUNNINGHAM WIRD SIE IHREN MITSCHÜLERN VORSTELLEN!

WENN DER WÜSSTE! ER EMPFÄNGT DEN SOHN DES GEFÜRCHTETSTEN PIRATEN...

VERBINDLICHSTEN DANK, SIR!

KURZ DARAUF...

GENTLEMEN, ICH STELLE IHNEN EINEN NEUEN MITSCHÜLER VOR: JOAO DE SAO MARTIN Y MARQUES ...

ALTER PORTUGIESISCHER ADEL VERMUTLICH!

SIND IHRE VORVÄTER SCHON ZUR SEE GEFAHREN ?

MEIN VATER HAT SEINEN NAMEN UND SEIN VERMÖGEN MIT DEM SÄBEL ERFOCHTEN, MEIN HERR!

D.51.B

IHR VATER HAT SICH ALSO AUF SEE VERDIENT GEMACHT... KOMISCH, DER NAME IST MIR KEIN BEGRIFF!

MIR AUCH NICHT!

SEIEN SIE FROH, MEINE HERREN! ICH WÜNSCHE IHNEN, DASS SIE IHN NIE KENNENLERNEN. SIE WÜRDEN IHM WENIG ENTGEGENZUSETZEN HABEN!

???... WAS MEINT ER DAMIT? UNSERE FRAGE NACH SEINEM VATER HAT IHN SEHR ERREGT!

HM... NICHT GERADE SEHR FREUNDLICH, UNSER NEUER MITSCHÜLER!... ZIEMLICH HOCHNÄSIG, MEINT IHR NICHT AUCH?

DAS KANN MAN ÄNDERN! ICH WERDE MICH DARUM KÜMMERN!

ETWAS SPÄTER...

DAS WAR SEHR UNVORSICHTIG!

DU HAST RECHT, BABA, ICH HÄTTE MICH BEINAHE VERRATEN!... ABER DIE ARROGANZ DIESER DUMMKÖPFE HAT MICH WÜTEND GEMACHT!

DAS LEBEN WIRD IN DIESEM DÜSTEREN GEMÄUER NICHT SEHR LUSTIG WERDEN! ABER ICH VERSPRECHE DIR, DASS ICH MICH AB SOFORT BEHERRSCHEN WERDE, AUCH WENN ICH WEGEN MEINES VATERS PROVOZIERT WERDE.

EIN SCHWER EINZUHALTENDES VERSPRECHEN!... DENN IN DEN DARAUFFOLGENDEN TAGEN ZAHLEN RICKS MITSCHÜLER IHM SEIN AUFTRETEN HEIM... RICK BALLT NUR SEINE FÄUSTE UND BLEIBT RUHIG...

D.52.A

NA, WAS HABE ICH GESAGT?... WIR HABEN ES GESCHAFFT, IHN ZU BÄNDIGEN! HAHA HA!... ER IST GANZ KUSCH!

VORSICHT, CASTLEREIGH! ICH FÜRCHTE, DAS GIBT EIN BÖSES ERWACHEN!

WOCHEN UND MONATE VERGEHEN. OHNE AUF DIE KRÄNKUNGEN SEINER MITSCHÜLER ZU ACHTEN, STUDIERT RICK WIE BESESSEN! ER VERTIEFT SEINE KENNTNISSE UND LERNT TAG UND NACHT. BALD IST ER SEINEN MITSCHÜLERN WEIT ÜBERLEGEN UND DER BESTE SCHÜLER DER AKADEMIE...

AB UND ZU DRINGT DAS GEDÄMPFTE ECHO DER BLUTIGEN GEFECHTE SEINES VATERS IN DIE STUDIERSTUBEN DES ALTEN GEMÄUERS. TROTZ DER JAGD, DIE SOGAR VON EUROPA AUS AUF DEN ROTEN KORSAREN GEMACHT WIRD, VERBREITEN ER UND SEINE PIRATEN WEITER ANGST UND SCHRECKEN...

ZWEI JAHRE LANG BETRÜBEN RICK DIESE NACHRICHTEN. DIE GRAUSAMKEITEN SEINES VATERS WIDERN IHN AN. TROTZDEM EMPFINDET ER RESPEKT UND BEWUNDERUNG FÜR DIE TAPFERKEIT DES MANNES, DER IHN NACHSICHTIG BEHANDELT HAT. EINES TAGES...

WISST IHR ES SCHON?... SCHRECKLICH! DER VATER UNSERES MITSCHÜLERS DALKEITH IST IM KAMPF GEGEN DEN ROTEN KORSAREN GEFALLEN.

???!!

D.52.B

DAS IST NICHT WAHR!

DOCH! DALKEITH IST BEI UNSEREM GROSSADMIRAL. ER ERHÄLT GERADE DIE SCHLIMME NACHRICHT! ES SOLL KEINER VON UNSEREN SEELEUTEN ÜBER - LEBT HABEN!

DER ROTE KORSAR IST EINE BE - STIE OHNE MENSCHLICHE GEFÜHLE!...

OH!

EINS VERSTEHE ICH NICHT! DALKEITH HATTE DOCH EIN VIEL GRÖSSERES UND BESSER BE - WAFFNETES SCHIFF ALS DER ROTE KORSAR! WIESO KONNTE DER „SCHWARZE FALKE" DIESES PIRATEN SIEGEN?

VERGESST NICHT DIE GEWISSENLOSIGKEIT DIESER BANDITEN! KOMMANDANT DALKEITH WURDE VERRATEN UND VON DIESEN PIRATEN HINTERRÜCKS ERMORDET! DIESER ELENDE WAGT ES JA NICHT, SEINE GEGNER VON VORN ANZUGREIFEN!

HALT!

IHR HABT JA KEINE AHNUNG! BESTIMMT HAT DER ROTE KOR - SAR FAIR GEKÄMPFT! ER IST ZWAR EIN GNADENLOSER PIRAT, ABER ER HAT ES NICHT NÖTIG, FEIGE ZU SEIN!

ICH WUSSTE ES JA! DIESER LÜM - MEL HÄLT ZU DEN PIRATEN!

HOPPLA! UNSER KÜKEN WIRD WACH! VORSICHT, CASTLE - REIGH!

ER BRAUCHT EINEN DENKZETTEL!

D.53 A

WAS WISST IHR SCHON VON SEEGEFECHTEN, OHNE JEMALS AUF DER BRÜCKE EINES SCHIFFES GESTANDEN ZU HABEN?... WENN DALKEITH BESIEGT WORDEN IST, DANN NUR, WEIL DER ROTE KORSAR DER BESSERE GEWESEN IST!

WAS?!

NIMM DAS SOFORT ZURÜCK UND ENTSCHULDIGE DICH! ODER ICH ZEIGE DIR, WAS ES HEISST, EINEN PIRATEN UND FEIND DER MARINE ZU VEREHREN!

NIEMALS!... ICH WERDE...

UM SO SCHLIM - MER, DU... OH!

DU WEISST NICHT, MIT WEM DU ES ZU TUN HAST, CASTLEREIGH!

POK

KURZ DARAUF IST EIN WILDER KAMPF IM GANGE. ENTSCHLOSSEN NIMMT ES RICK GEGEN ALLE SEINE MITSCHÜ - LER AUF!

VORSICHT! DIESE KANAILLE HAT CASTLE - REIGH NIEDERGESCHLA - GEN!

ER HAT DEN TEUFEL IM LEIB!

PACKT IHN! DIESER PIRATENFREUND SOLL FÜR SEINE FRECHHEI - TEN BÜSSEN!

KOMMT NUR NÄHER!

WENIGE MINUTEN SPÄTER...

HAHA! IHR ANGSTHASEN! VERSTEHT IHR JETZT, WARUM ES DER ROTE KORSAR NICHT NÖTIG HAT, SICH VOR EINER MEUTE „GOTONS"*, AUCH WENN SIE DREIMAL SO STARK IST, ZU FÜRCHTEN?

!

* ALTER SPITZNAME FÜR DIE ENGLÄNDER.   D.53 B

DAS VERSTÖSST GEGEN DIE REGELN, MEINE HERREN! SIE BENEHMEN SICH UNEHRENHAFT! ICH WERDE STRENGE MASS-NAHMEN ERGREIFEN!

WAS IST PAS-SIERT? WIE SEHEN SIE ÜBERHAUPT AUS?

DAS IST SEINE SCHULD, SIR! ER HAT SICH AUF UNS GE-STÜRZT, ALS WIR DALKEITHS UNGLÜCK BEDAUERT UND DIESEN ELENDEN ROTEN KOR-SAREN VERFLUCHT HABEN!

ER BEWUNDERT DIE PIRATEN UND HAT SIE IN SCHUTZ GENOM-MEN!

WAS HÖRE ICH DA, MEIN HERR?... SIE ANTWOR-TEN NICHT UND SCHWEIGEN? DAS KOMMT EINEM GESTÄNDNIS GLEICH!... IHR VERHALTEN IST DEM EINES SCHÜLERS DER KÖNIGLICHEN SEEAKADEMIE UNWÜRDIG!... ICH SOLLTE SIE AUF DER STELLE AUS UNSEREM INSTITUT ENTLASSEN!

DOCH WEGEN IHRER AUSGEZEICHNETEN EMPFEH-LUNGEN, IHRER GLÄNZENDEN LEISTUNGEN UND IHRER BISHERIGEN GUTEN FÜHRUNG WARTE ICH SO LANGE, BIS EIN ENTSCHLUSS DES DISZIPLINAR-GERICHTS VORLIEGT. ZUNÄCHST ABER WERDEN SIE HINKNIEN UND SICH BEI IHREN KAMERADEN ENTSCHUL-DIGEN!

WAS?!

NIEMALS!... ICH HABE ALLEIN GEGEN ALLE GEKÄMPFT UND GESIEGT! ICH LASSE MICH NICHT ERNIEDRIGEN!

ABER... WAS?... SIE WAGEN ES, MIR ZU WIDER-SPRECHEN? DAS WERDEN SIE BE-REUEN, MEIN HERR!

SPERREN SIE DIESEN FLEGEL SO LANGE BEI WASSER UND BROT IN DEN KARZER, BIS ER BE-REIT IST, SICH ÖFFENTLICH FÜR SEINE FRECH-HEITEN ZU ENTSCHULDIGEN! ZUM FRÜHSTÜCK ERHÄLT ER JEDEN MORGEN ZEHN STOCK-SCHLÄGE!

D. 54.A

EINIGE MINUTEN SPÄTER...

GLAUBEN SIE NICHT, JETZT NICHT ARBEITEN ZU MÜSSEN! HIER SIND IHRE BÜCHER!... SIE LERNEN DAS DOPPELTE PENSUM! JEDE NACH-LÄSSIGKEIT KOSTET SIE STOCKSCHLÄGE!

BITTE, SIR! ICH MÖCHTE MEI-NEN HERRN SEHEN!

DAS IST SO LANGE VERBOTEN, BIS ER SICH BESINNT! ABER KEINE SORGE! DAS DAUERT NICHT LANGE!

ABER DER STIEFSOHN DES ROTEN KORSAREN IST ZU STOLZ, SICH ZU BEUGEN! EINGESPERRT UND SCHWEIGEND ERTRÄGT RICK SEINE SCHMACH, INDEM ER NOCH MEHR ARBEITET...

ZWEI MONATE VERGEHEN. EI-NES MORGENS...

??? WAS BEDEUTET DIESER LÄRM?... NANU? MAN BRINGT MIR EIN STÄNDCHEN MIT RASSELN UND KOCHTÖPFEN? BESTIMMT SIND DAS MEINE MITSCHÜLER!

RICK HAT RECHT. VOR DEM KARZERFENSTER VERANSTALTEN SEINE KAMERADEN EINEN OHRENBETÄUBENDEN KRACH...

IHR FEIGLINGE! ES IST EINFACH, EINEN GEFANGE-NEN ZU VER-SPOTTEN!

HAHA HA! WIR ÜBER-BRINGEN DIR EINE FROHE NACHRICHT! UNSERER MA-RINE IST ES GELUNGEN, DEINEN ROTEN KORSAREN IN EINE FALLE ZU LOK-KEN! ER WURDE MIT-SAMT SEINEN PIRA-TEN GEFANGEN!

ER WIRD NACH ENGLAND ESKORTIERT. SEINE MAJE-STÄT, DER KÖNIG, WILL AN IHM EIN EXEMPEL STATU-IEREN! ER WIRD VOR DEM TOWER AUFGEHÄNGT! HAHA HA!

D. 54 B

WAS?...NEIN! DAS IST NICHT WAHR!...DAS IST UNMÖGLICH, IHR LÜGT!...MISTKERLE!

HAHA HA! FRAG DOCH DEINEN DIENER! DER IST GANZ GRAU VOR SCHRECK!...GANZ LONDON REDET DAVON!

OH, WIE SCHRECKLICH!...IHRE FREUDE WAR ZU OFFENSICHTLICH! ES MUSS STIMMEN!

ICH KANN ES IHNEN NOCH NICHT EINMAL ÜBELNEHMEN! FÜR SIE IST MEIN VATER EIN MÖRDER, UND SEINE TAPFERKEIT SÜHNT NICHT SEINE VERBRECHEN. WAS FÜR EIN ALPTRAUM...ICH SCHÄME MICH FÜR IHN!...MEIN VATER AM GALGEN! DAS KANN ICH NICHT HINNEHMEN!

ES MUSS EINE MÖGLICHKEIT GEBEN, ETWAS DAGEGEN ZU UNTERNEHMEN. IMMERHIN BIN ICH IHM EINE MENGE SCHULDIG! ERST DANN SIND WIR QUITT!...ABER ZUNÄCHST MUSS ICH HIER RAUS! UM JEDEN PREIS!

EINIGE ZEIT SPÄTER...

UNGLAUBLICH, SIR!...UNSER KLEINER DICKKOPF GIBT AUF! ER BITTET UM SEINE ENTLASSUNG AUS DEM KARZER. ER IST SELBSTVERSTÄNDLICH BEREIT, ÖFFENTLICH ABBITTE ZU LEISTEN!

ACH?

HAHA HA! ICH WUSSTE, DASS WIR IHN BÄNDIGEN! DAS IST DIE GELEGENHEIT, DIESEM ÜBLEN SUBJEKT ANSTAND BEIZUBRINGEN. ER SOLL SICH VOR ALLEN ENTSCHULDIGEN UND WEGEN SEINER STURHEIT NOCH ZEHN STOCKSCHLÄGE BEKOMMEN!

D.55.A

AM ABEND...

...BITTE ICH SIE UM VERZEIHUNG, BESONDERS MEINE KAMERADEN DALKEITH UND CASTLEREIGH, GEGENÜBER DENEN ICH MICH SCHLECHT BETRAGEN HABE!

SEHR GUT, JUNGER MANN! UNTER BERÜCKSICHTIGUNG IHRER REUE UND IHRES ZWEIMONATIGEN KARZERAUFENTHALTS VERGIBT IHNEN AUF MEINEN VORSCHLAG HIN DAS DISZIPLINARGERICHT IHR VERGEHEN.

SPÄTER, ALS ALLE SCHLAFEN...

DAS WAR DIE GRÖSSTE ERNIEDRIGUNG MEINES LEBENS, BABA, ABER FÜR MEINEN VATER HÄTTE ICH MIR NOCH SCHLIMMERES GEFALLEN LASSEN!...ABER WAS MACHEN WIR JETZT? WIE KÖNNEN WIR MEINEN VATER RETTEN?

ICH HABE ERFAHREN, DASS DER KÄPT'N IN EINEM PONTONBOOT AUF DER THEMSE EINGESPERRT IST! ER SOLL ES ERST ZUR HINRICHTUNG VERLASSEN!

TEUFEL! WIE KÖNNEN WIR...??? WAS IST DAS?

Tic Tic Tic

VERDAMMT, WER WIRFT HIER STEINE AN MEIN FENSTER?...IRGENDEIN WITZBOLD AUF DER STRASSE!...OH!...ABER DAS IST NICHT MÖGLICH!...

DREIFUSS! BIST DU'S WIRKLICH, ODER TRÄUME ICH?

PSST! KOMM RUNTER! SCHNELL!

D.55.B

OHNE ZU ZÖGERN UND MIT DER GESCHICKLICH-KEIT EINES ERFAHRENEN SEEMANNS GLEITET RICK AN DER FASSADE AUF DIE STRASSE HINAB, GEFOLGT VON BABA...

DREIFUSS, ALTER JUNGE! SCHÖN, DICH WIEDERZUSEHEN! ...ABER WIESO BIST DU HIER? KONNTEST DU ENTKOM-MEN?

PSST, NICHT HIER! MAN KÖNNTE UNS HÖREN! VERSCHWIN-DEN WIR LIEBER!

SPÄTER, IN EINER DUNKLEN SPELUNKE...

VOR DREI TAGEN BIN ICH ZUSAMMEN MIT EINEM DUT-ZEND LEUTEN IN LONDON ANGEKOMMEN!...DER REST DER MÄNNER DEINES VATERS!

WIR WURDEN NUR DESHALB NICHT GEFANGEN, WEIL WIR AN DEM BEUTEZUG NICHT TEILGENOM-MEN HATTEN UND AUF DER INSEL GEBLIEBEN WAREN. NACHDEM WIR DAVON ERFAHREN HATTEN, HABEN WIR UNS SOFORT AUFGEMACHT, UM DAS UNMÖGLICHE ZU VERSUCHEN...

ICH KANNTE ZWAR DIE AKADEMIE, IN DER DU WOHNST, KONNTE ABER ERST HEUTE ABEND DEIN FENSTER FINDEN... WIR MÜSSEN UNS BEEILEN, DEINEN VATER ZU RETTEN! UNS BLEIBEN NUR NOCH VIER TAGE!

BABA HAT ÜBER MEINE MITSCHÜLER ERFAHREN, WO MEIN VATER IST!...ER IST ALLEIN IN EINEM EISENKÄFIG AUF EINEM PONTONBOOT MITTEN AUF DER THEMSE EINGESPERRT. ES LIEGT AUSSERHALB VON LONDON UND DIENT ALS GEFÄNGNIS FÜR FRANZÖSISCHE SEELEUTE.

D-56.A

MEHR ALS FÜNFHUNDERT GEFANGENE SITZEN AUF DIESEM VERKOMMENEN BOOT. SIE WERDEN VON ÜBER HUNDERT MÄNNERN BEWACHT, DIE KEIN SCHIFF NÄHER ALS HUNDERT KLAFTER HERANLASSEN.

DER KÄPT'N HAT KEINE CHANCE ZU ENTKOMMEN. AM TAG DER HINRICHTUNG WERDEN DIE STRASSEN VOLLER TRUPPEN SEIN.

ARMER KÄPT'N! ER IST ER-LEDIGT!

NEIN! ICH HABE NOCH DREI TAGE ZEIT, UM EINEN PLAN ZU SCHMIEDEN. DU BE-SORGST INZWISCHEN EIN LEICHTES SCHIFF. HAST DU GENUG GOLD?

JA! ICH HABE UN-SERE SCHATZRESER-VEN MIT.

SEHR GUT! RÜSTE DAS SCHIFF MIT PROVIANT UND MUNITION AUS UND GEH SO NAH WIE MÖGLICH AM PONTONBOOT VOR ANKER! ABER UNAUFFÄLLIG!

TEUFEL! DU BIST FAST WIE DEIN VATER!

SCHLUSS JETZT! HALTET EUCH BEREIT UND WARTET AUF MEINE BEFEHLE. BABA GIBT EUCH BESCHEID ...ICH MUSS JETZT ZURÜCK!

DIE DREI VERLASSEN DIE KNEIPE...

TEUFEL! NEBEL KOMMT AUF. DAS KANN WOCHEN DAUERN! SO EIN PECH!

WER WEISS?

D.56.B.

ZWEI TAGE SIND VERGANGEN. DER NEBEL IST NOCH DICHTER GEWORDEN. DIE SICHTWEITE BETRÄGT NUR NOCH ZWEI SCHRITTE. RICK QUÄLT EINE UNERTRÄGLICHE ANGST. AN DIESEM MORGEN...

PSSST! RICK, KOMM HER!

BABA! ENDLICH! GIBT'S WAS NEUES?

DREIFUSS HAT EIN KLEINES ABER GUTES BOOT MIT ACHT KANONEN GEKAUFT! ER BELÄDT ES GERADE MIT PROVIANT UND MUNITION.

GROSSARTIG!... ICH GLAUBE, ICH HABE AUCH SCHON EINEN PLAN!

ER IST SEHR GEWAGT, ABER WIR HABEN KEINE ANDERE WAHL. SAG DREIFUSS, ER SOLL HEUTE ABEND IN JOES KNEIPE KOMMEN UND SEIN FÄLSCHERWERKZEUG MITBRINGEN.

IN ORDNUNG!

ABENDS...

DU FÄLSCHST DIE SCHRIFT MEINES VATERS UND SCHREIBST EINEN BRIEF AN DALKEITH. SEIN VATER WURDE VON MEINEM IM KAMPF GETÖTET. ALSO...

EIN PAAR MINUTEN SPÄTER...

SO! FERTIG!

SEHR GUT! EINER VON DEINEN MÄNNERN VERKLEIDET SICH ALS GEFÄNGNISWÄRTER UND BRINGT DIESEN ZETTEL ZU DALKEITH. ER SAGT, DER ROTE KORSAR HÄTTE IHN DAZU GEDUNGEN.

D.57A

SPÄTER, IN DER SEEAKADEMIE...

HE, DALKEITH, WAS IST LOS? DU BIST JA GANZ BLASS!

DALKEITH, ERZÄHL! HAST DU SCHLECHTE NACHRICHTEN?

ACH, FREUNDE! ICH KANN ES SELBST KAUM GLAUBEN! ...ICH HABE EINEN BRIEF VOM ROTEN KORSAREN BEKOMMEN.

VON DEM PIRATEN?

ABER... UNMÖGLICH!... WIE DENN?

ER HAT EINEN WÄCHTER BESTOCHEN, IHN MIR ZU ÜBERGEBEN!

DIESER HUNDESOHN BEHAUPTET, MEIN VATER HÄTTE IHN VOR SEINEM TOD GEBETEN, MIR SEINEN LETZTEN WILLEN AUSZURICHTEN. NATÜRLICH HAT ER DAS NICHT GETAN!

ABER JETZT VOR SEINEM TOD WILL ER SEIN GEWISSEN ERLEICHTERN!... BEI GOTT, ICH MUSS DIE ERLAUBNIS KRIEGEN, IHN ZU SEHEN!

AM SELBEN ABEND...

EINE GUTE NACHRICHT, DALKEITH! SEINE MAJESTÄT, DER KÖNIG, HAT IHNEN AUSNAHMSWEISE EINE BESUCHSERLAUBNIS ERTEILT. SIE DÜRFEN MORGEN ZUM ROTEN KORSAREN AUF DAS GEFANGENENBOOT!

D.57B

DALKEITH TEILT SEINEN KAMERADEN DIE NEUIGKEIT SOFORT MIT...

EINE SCHALUPPE WARTET MORGEN UM ZEHN VOR DER ADMIRALITÄT AUF MICH!

VERGISS NICHT, IHM VON MIR MITTEN INS GESICHT ZU SPUCKEN!

BEI DEM NEBEL IST ES NICHT EINFACH, DAS PONTONBOOT ZU FINDEN!...

ALLES KLAR! DIESE IDIOTEN SIND DARAUF REINGEFALLEN! ICH MUSS DREIFUSS BESCHEID GEBEN.

EIN PAAR MINUTEN SPÄTER...

BABA, BRING SCHNELL DIESE ANWEISUNGEN ZU DREIFUSS! ER MUSS SIE GENAU BEFOLGEN! WENN ALLES KLAPPT, IST MEIN VATER MORGEN FREI!

IN ORDNUNG!

NACHDEM RICK DIE WICHTIGSTEN SACHEN EINGEPACKT HAT, VERLÄSST ER HEIMLICH DIE SCHULE, FÜR IMMER...

EIGENTLICH SCHADE! ICH STEHE KURZ VOR DER KAPITÄNSPRÜFUNG.

ALLES KLAR! ICH HABE ALLES ERLEDIGT!

GUT! HOFFENTLICH DAUERT DIESER NEBEL BIS MORGEN FRÜH AN!

AM NÄCHSTEN MORGEN WARTET EINE VERHÄNGTE KUTSCHE VOR DER SEEAKADEMIE...

ES KLAPPT! DIE STRASSE IST MENSCHENLEER!

D.58.A

VORSICHT! DALKEITH KOMMT! HALTET EUCH BEREIT!

PLÖTZLICH...

HE!...DALKEITH!

ABER?!...WAS ..?!

LOS, JUNGE! STEIG EIN!

KEINEN LAUT! SONST PASSIERT DIR ETWAS!

STUMM VOR ANGST GEHORCHT DALKEITH. DIE ENTFÜHRUNG DAUERT NUR WENIGE SEKUNDEN...

J...JOAO??? WAS SOLL DAS?

DIR GESCHIEHT NICHTS, WENN DU TUST, WAS ICH SAGE!

GIB MIR DEN PASSIERSCHEIN FÜR DAS GEFANGENENBOOT, SCHNELL!

ABER...

WIR SIND VOR DER ADMIRALITÄT!

HIER!...

GUT! ICH NEHME SEINEN PLATZ EIN! DU LÄSST IHN IN EINER STUNDE FREI, BABA, UND GEHST DANN ZU DREIFUSS!

D.58.B.

SO! DAS WÄRE GESCHAFFT!... HM, HOFFENT-LICH KENNT KEINER DEN RICHTIGEN LORD DALKEITH!...

SOFORT GEHT RICK ZUM KAI. DIE SCHALUPPE ERWARTET IHN SCHON...

GUTEN TAG! ICH BIN LORD DALKEITH! HIER IST MEINE ERLAUBNIS, DEN ROTEN KORSAREN ZU BESUCHEN.

ZU IHREN DIENSTEN, MYLORD!... STEIGEN SIE EIN, WIR WERDEN VERSUCHEN, TROTZ DES NEBELS DAS PONTON-BOOT ZU ERREICHEN...

DAS BOOT STÖSST VOM KAI AB UND FÄHRT DEN FLUSS HINAB. NACH EINER ENDLOSEN FAHRT...

RUDER MEHR STEUERBORD! DAS PONTONBOOT LIEGT DAHIN-TEN!

TATSÄCHLICH! EIN GROSSER, UNFÖR-MIGER SCHIFFSRUMPF TAUCHT PLÖTZ-LICH AUS DEM NEBEL AUF... DAS GEFANGENENSCHIFF!

AHOI!... WIR KOMMEN IM AUF-TRAG SEINER MAJESTÄT! WIR BITTEN, AN BORD KOMMEN ZU DÜRFEN!

DAS FALLREEP ZUM ANLEGEN RUNTER-LASSEN!

WENIGE AUGENBLICKE SPÄTER...

D.59.A.

IHR BESUCH IST UNS GEMELDET WORDEN, LORD DALKEITH!... HM, IHR PASSIERSCHEIN IST IN ORDNUNG! ICH LASSE SIE ZUM ROTEN KORSAREN BRINGEN!

KANN ICH IHN ALLEIN SPRECHEN?

BALD DARAUF... DIESER ELENDIGE PIRAT IST VON DEN ANDEREN GEFANGENEN GETRENNT. ER SITZT TIEF UNTEN IM BOOT, STÄNDIG VON EINEM WÄCHTER UND ZWEI SOLDATEN BEWACHT!... HIER ENTLANG! VORSICHT, ES IST DUNKEL!

RICK FOLGT SEINEM FÜHRER HINAB IN DIE TIEFE...

HIER!

AUSGEZEICHNET! ES IST ZIEMLICH DUNKEL HIER, UND DIE LEITER WIRD KAUM BENUTZT.

OH! EINGESPERRT HINTER GITTERN WIE EIN WILDES TIER!... DAS IST ALSO MEIN VATER! HOFFENTLICH VERRÄT ER SICH NICHT.

LORD DALKEITH IST DA, BENTON! ER HAT ERLAUBNIS, MIT DEM GEFANGENEN ZU SPRECHEN!

ICH WEISS!... KOMMEN SIE NÄHER, MYLORD! KEINE ANGST, VOR DIESER BESTIE SIND SIE SICHER!

?!?!

BLASS VOR SCHRECK NÄHERT SICH RICK DEM GITTER. DA ERKENNT IHN DER ROTE KORSAR. ER IST VERBLÜFFT, BEHERRSCHT SICH ABER, DENN ER VERSTEHT SOFORT, DASS RICK IHN BEFREIEN WILL...

DAS IST ALSO DIE BESTIE!

D.59.B.

DIESER GALGENVOGEL WILL MIR VERTRAULICHES MITTEILEN! ICH BITTE, ALLEIN GELASSEN ZU WERDEN.

ICH BEDAURE, MYLORD! ICH MUSS HIERBLEIBEN. ABER ICH VERSICHERE IHNEN MEINE VERSCHWIEGENHEIT... ES IST AUCH STRENG VERBOTEN, DEN KÄFIG UND DIE KETTEN ZU ÖFFNEN!

JETZT SIND WIR ALLEIN, MYLORD! ICH HABE DEN RIEGEL VORGESCHOBEN. DIE TÜR LÄSST KEINEN LAUT NACH AUSSEN DRINGEN!

TATSÄCHLICH? DAS IST SEHR GUT!

KEINE BEWEGUNG UND KEINEN LAUT, ODER DU BIST DES TODES!

WAS?... ABER... ICH...

ICH BIN DER SOHN DES ROTEN KORSAREN!... HER MIT DEN SCHLÜSSELN! ÖFFNE DAS GITTER UND DIE KETTEN! SCHNELL!

GUT GEMACHT, KLEINER!

EINGESCHÜCHTERT VON DER ENTSCHLOSSENHEIT RICKS FÜGT SICH DER WÄRTER...

NICHT... NICHT SCHIESSEN, MYLORD! ICH BITTE SIE!

LOS!... UND KEINEN MUCKS!

ICH DACHTE SCHON, ICH SEHE DICH NIE WIEDER, RICK! ABER DU BIST WIRKLICH EIN WAHRER SOHN!

DAS... DAS BEDEUTET MEINEN TOD!

D.60A.

LASS DICH UMARMEN!

KEINE ZEIT! SCHNELL, LEG DIE AUGENKLAPPE AB UND RASIER DICH! HIER SIND SCHERE UND RASIERMESSER. DEIN BART MUSS WEG!

GEH DA REIN! LEG DICH AN DIE KETTEN!

TEUFEL! WAS HAST DU VOR? SELBST WENN ICH ANDERS AUSSEHE, SCHAFFST DU ES NICHT, MICH MITZUNEHMEN. ICH HABE KEINE PAPIERE.

WIR MÜSSEN VON HIER AUS NUR UNBEMERKT AN DECK KOMMEN. FÜR SPÄTER IST ALLES VORBEREITET... SCHNELL, HILF MIR, DEN WÄRTER ZU KNEBELN. DANN KNÖPFEN WIR UNS DIE SOLDATEN DRAUSSEN VOR...

EIN PAAR MINUTEN SPÄTER...

ICH BIN FERTIG, MEINE HERREN. SIE KÖNNEN KOMMEN!

ZU DIENSTEN, MYLORD!

KEINEN LAUT, ODER IHR SEID DES TODES! HER MIT DEN WAFFEN UND AB IN DEN KÄFIG! LOS!

?!?!

NIMM DIR VON EINEM DIE UNIFORM UND DIE MUSKETE, VATER!

D.60.B.

DEN SOLDATEN BLEIBT KEINE ANDERE WAHL. KURZ DARAUF...

ALLES KLAR, JUNGE! HIER UNTEN IM DUNKELN HÄLT MAN MICH FÜR EINEN SOLDATEN, DER DICH BEGLEITET. OHNE BART UND IN UNIFORM WIRD MICH KEINER ERKENNEN.

LOS JETZT!... WIR HABEN VON DENEN HIER NICHTS ZU BEFÜRCHTEN. HOFFENTLICH HÄLT SICH DREIFUSS AN DIE VERABREDUNG UND IST PÜNKTLICH ZUR STELLE!

SCHNELL VERLASSEN DIE BEIDEN DIE ZELLE...

ICH GEHE VORAUS! HALTE DAS LICHT SO, DASS DIE ANDEREN GEBLENDET WERDEN!...

DIE FLUCHT VERLÄUFT PLANMÄSSIG...

HE! LASS DAS! DEINE LATERNE BLENDET MICH!

DER NEBEL IST NOCH DICHT GENUG. EINE GUTE GELEGENHEIT FÜR DREIFUSS!... AUF MEIN ZEICHEN LÄUFST DU ÜBER DIE BRÜCKE NACH BACKBORD UND SPRINGST!

INZWISCHEN...

ALARM!... EIN SCHIFF HÄLT AUF UNS ZU! ES WIRD UNS RAMMEN!

TEUFEL!

D. 61. A

KUTTER AHOI!... SOFORT BEIDREHEN!... NICHT WEITER, IHR RAMMT UNS!... VERDAMMT, SEID IHR VERRÜCKT? ICH LASSE SCHIESSEN!

ABER DAS SCHIFF NÄHERT SICH AUF WENIGE KLAFTER DEM GEFANGENENBOOT...

HAHA HA! DAS WAR EIN GUTES MANÖVER, BABA! DANK DES NEBELS HABEN SIE UNS ERST JETZT BEMERKT!

HE, DREIFUSS!... DIE KANONEN SIND GELADEN UND SCHUSSBEREIT!

HOFFENTLICH SIND RICK UND DER KÄPT'N SOWEIT!...

ACHTUNG!... FEUER!!!

SÄMTLICHE KANONEN DES KLEINEN BOOTES SCHIESSEN AUS NÄCHSTER NÄHE AUF DAS GEFANGENENBOOT. DIE GEBALLTE LADUNG FEGT ÜBER EIN DUTZEND SOLDATEN HINWEG! DIE ÜBERRASCHUNG IST PERFEKT, UND DER REST DER BESATZUNG BRICHT IN PANIK AUS. WEITERE GESCHÜTZFEUER RICHTEN ERHEBLICHEN SCHADEN AN...

DAS WAR DREIFUSS!... LOS! VORWÄRTS!

D. 61. B

DIE BEIDEN FLÜCHTLINGE LAUFEN ÜBER DIE BRÜCKE. IN DER VERWIRRUNG BLEIBEN SIE UNBEMERKT...

DER KÄPT'N UND RICK!... SIE KOMMEN! SCHNELL, DIE LEINEN RUNTER!

LOS, FEUERT WEITER! GEBT DEN BEIDEN DECKUNG!

SCHNELL! HALT DICH AN DEM TAU FEST!

DIE GARNISON AUF DEM PONTONBOOT HAT SICH GEFANGEN, ABER ZU SPÄT... SCHON KLETTERN RICK UND DER ROTE KORSAR AN BORD DES SEGLERS...

...UND MIT VOLLEN SEGELN VERSCHWINDEN DIE PIRATEN IM NEBEL.... MIT KURS AUF DIE THEMSEMÜNDUNG...

DU HAST MIR DAS LEBEN GERETTET, KLEINER! NIE WERDE ICH DEINEN MUT UND DEINE VERGANGENHEIT VERGESSEN! DU HAST DICH MEINER WÜRDIG ERWIESEN! EINES TAGES WIRST DU MEIN NACHFOLGER...

NEIN, VATER!

ICH BIN NICHT ZUM PIRATEN BESTIMMT! ICH HATTE NOCH EINE SCHULD BEI DIR OFFEN. JETZT SIND WIR QUITT... ICH WILL KEIN LEBEN, DAS AUS RAUB, MORD UND FLUCHT BESTEHT...

ICH HOFFE, DU GIBST EINES TAGES DEIN PIRATENLEBEN AUF! GOTT STEHE DIR BEI! UND MIT IHM EIN GUTER WIND! ADIEU!

ABER RICK, ICH...

NIEMAND KANN RICK HALTEN. TAUB GEGENÜBER ALLEN ZURUFEN SPRINGT ER INS WASSER UND SCHWIMMT ANS UFER...

RICK!...
RICK!...

WÄHREND DAS SCHIFF IN EINER NEBELBANK UND IN RICHTUNG AUF DIE HOHE SEE VERSCHWINDET, BLICKT RICK NOCH EINMAL AUF DIE MANNSCHAFT DES ROTEN KORSAREN ZURÜCK...

FORTSETZUNG IN BAND 2

CARLSEN COMICS

TIM UND STRUPPI

Tim, sein Hund Struppi, der immerzu fluchende Kapitän Haddock, die Detektive Schulze und Schultze, Professor Bienlein und die unnachahmliche Sängerin Castafiore – sie begeistern nun schon fast ein Menschenalter lang alle Leser „zwischen acht und achtzig"

Von Hergé.

ALFRED JODOCUS KWAK

Die große Comic-Serie nach der erfolgreichen Musikfabel von Herman van Veen!

Von Herman van Veen, Hans Bacher und Harald Siepermann.

GASTON

Mit seinen verrückten Einfällen und Erfindungen bringt der Bürobote Gaston die gesamte Belegschaft des Carlsen Verlages an den Rand des Wahnsinns. Gaston ist die größte Katastrophe, seit es Comics gibt.

Von André Franquin.

DIE ABENTEUER DES MARSUPILAMIS

Der palumbianische Urwald, die Heimat des Marsupilamis, wurde noch von kaum einem Menschen betreten. Was das gelbe Wundertier mit dem neun Meter langen Schwanz hier erlebt, schildert diese neue Albumreihe.

Von Franquin, Greg und Batem.

SPIROU UND FANTASIO

Nichts ist aufregender als ein Tag im Leben von Spirou und seinem Freund Fantasio. Dafür sorgt schon das Marsupilami, das gefleckte Wundertier mit dem unendlich langen Schwanz!

Von André Franquin und Jean-Claude Fournier.

SPIROU CLASSICS

Eine Liebhaberausgabe mit klassischen Spirou-Geschichten aus den 40er Jahren.

Von André Franquin.

CUBITUS

Cubitus, die gewichtige Hundepersönlichkeit, ist mit allen Wassern gewaschen, wenn es darum geht, seinen Herrn Bojenberg zur Verzweiflung zu bringen. Nur dem feisten Kater Paustian ist er nicht immer gewachsen...

Von Dupa.

YOKO TSUNO

Die japanische Elektronik-Spezialistin Yoko Tsuno und ihre Begleiter Vic und Knut erleben phantastische Abenteuer im Weltraum und auf der Erde.

Von Roger Leloup.

DER ROTE KORSAR

Schon sein Name bringt jeden Seemann der Sieben Weltmeere zum Erzittern. Zusammen mit seiner wilden Meute macht der Rote Korsar Jagd auf die Schätze von Edelleuten und Königen.

Von Jean-Michel Charlier und Victor Hubinon.

PERCY PICKWICK

Sehr „britisch" ist die Lebensart von Percy Pickwick, dem Geheimagenten Ihrer Majestät. Seinen gefährlichen Beruf bewältigt Pickwick mit viel Humor.

Von Turk, Bédu und de Groot.

PRINZ EISENHERZ

Hal Fosters gewaltiges Epos aus den Tagen König Arthurs erscheint in dieser Edition endlich als vollständige und originalgetreue Gesamtausgabe.

Von Hal Foster.

JEFF JORDAN

Jeff Jordan ist ein Privatdetektiv, dem kein Fall zu gefährlich ist. Ihm zur Seite stehen Teddy, ein ehemaliger „schwerer Junge" sowie der unnachahmliche Inspektor Stiesel.

Von Maurice Tillieux.